錯誤的時空，遇見注定的你

梅洛琳 著

她的身影一寸寸的消逝，
他和她之間的情愛掉入時間的裂縫，化為虛無，
前所未有的孤寂與慌亂襲了上來，
將他吸入絕望的黑洞，他失去了自己和她……

崧燁文化

目錄

第一章……007
第二章……029
第三章……051
第四章……073
第五章……097
第六章……119
第七章……141
第八章……163

目錄

第九章……187
第十章……209

原來在初識之前
就已經動心了

目錄

第一章

西元一九九五年

跑道上正準備起飛的飛機，發出隆隆的巨響。

藍天白雲的好天氣，不僅地上人聲鼎沸，天空上也挺熱鬧的！班次與班次間排得十分緊密，桃園機場到達世界各地的飛機之頻繁，承載了地球村之間的連繫，讓天涯成為比鄰。

時間一分一秒的流逝，卻還沒有到登機的時刻，路新蕾按捺不住，從凳子上站了起來。

「新蕾，妳要跑去哪裡？就快要登機了。」說話的正是和她同行的祝慧慧，路新蕾真佩服她還能坐得住。

「反正我們也入關了，行李也送上飛機了，還有二十幾分鐘才要登機，與其在這裡等待，還不如先去逛逛。怎麼樣？要不要一起去？」路新薔邀她一起行動。

「還是不要亂跑，聽領隊的話比較好。」

「我們團裡其他人還不是跑去逛了，他們也沒聽話啊！妳如果不去的話，我自己一個人去逛囉！」

「妳要放我一個人在這裡？」

「是妳自己不去的，別怪我。反正珮茹跟秀芳上完廁所就回來了，妳不會無聊的。」

蘇珮茹和鍾秀芳是她們同行的另外兩名夥伴，四人也是同班同學兼死黨，所以一說要出國旅行，馬上得到熱烈的響應。

祝慧慧深知她個性，只能在她離去的背後嚷著：

「要注意時間，早點回來啊！」

「知道了。」

路新薔直奔書店，她慢慢地瀏覽，準備幾挑本好書待會在飛機上閱讀。

這次馬來西亞之旅的費用，是她打工一年存下來的錢，雖然去的地方不遠，只能到東南亞，但畢竟是靠她自己的力量成行，所以在她的心中有那麼小小的一點驕傲。

能夠出國看看外面的世界一直是她的心願，尤其是跟同窗好友一起同行更是令人興奮。雖然跟團會被剝奪些許時間，不過對於初次出國的她來說，先吸取些旅遊經驗才是最重要的。

何況在有限的條件能找出無窮的樂趣，不也是高 EQ 的表現？

「啊！是你們！」路新蕾在店裡看到了同行的團員，熱情的打著招呼。由於才認識幾個小時，所以她根本還沒記住對方的名字，只知道人家新婚燕爾，是來度蜜月的。

「妳是『四人幫』其中的一位小姐嘛！」由於年紀相仿，夫妻中的先生也輕鬆打著招呼。

他們這一團團員簡單，加上領隊總共才十二個人，所以名字雖一時難以記住，但分為團體可就略有印象了。

像路新蕾和三個好友被戲稱為「四人幫」，另外還有三名度假的上班女郎被稱為「三人行」，此外還有一對三、四十歲的夫妻，及一對母女，大概分個類就辨別此團的成員了。

也因為如此，所以剛開始經由領隊介紹團員時，路新蕾等人都有些失望，因為男的不多，哪來的豔遇可言？

看來只能等出國之後再說囉！

「你們也來找書啊？」

「他哪會看書！」小夫妻當中的妻子搶先發言，當著外人的面，數落起丈夫來：「他這人除了摩托車，只要上了其他的交通工具就打磕睡，非到站不醒來，所以我只好買雜誌上飛機看，免得他都不理我。」一臉哀怨，把怨婦表現了十成十。

「好歹我也帶了妳出國度蜜月呀！」丈夫假意惱怒。

「還敢說？要不是我一再吵著要出國，我看你可能就在國內隨便找間旅館，然後睡它個三天兩夜！」

「國內旅遊也不錯啊！」

「原來你根本沒有打算帶我出國玩？好吧！既然如此，你去睡你的，我去玩我的，到時你老婆跟人家走掉了可不要怨我啊！」小妻子身體一扭，只見丈夫連忙鞠躬哈腰討不是：

「老婆，別這樣嘛！」

路新薔充滿興味看著這一對小夫妻，從剛認識他們時，就見他們不停地鬥嘴，但仍掩飾不過濃烈的感情，真是甜蜜！

愛情對於才雙十年華的她來說，是充滿誘惑的。雖然知道它會造成傷害，但她仍想再次與愛情為伍，儘管她已有過創痛，並不因此而放棄。

那一次震撼靈魂深處的愛戀，每每想起，仍悸動不已。所以在見到人家成雙成對的出入，不禁牽扯住心靈……

「我也要去找書囉！待會見。」看著他們會讓她想起曾有過的無法自拔，只好轉身離去。

「好，再見。」丈夫一手向她招呼，一隻手抓過了妻子。

是因為年輕？還是因為新婚？他們如膠似漆，甜甜蜜蜜，過幾年之後，他們還會保持像現在這般親密嗎？

未來既然不可測，能夠珍惜現在才是最重要的。

「新薔，集合了！」祝慧慧跑進書店找到了她。

「不是還有時間嗎？」路新薔看了看手錶，疑惑的問道。

「吳大哥要發機票了。因為有些人要坐靠窗的位子，大家必須協調好．妳不是一直想坐靠窗的位子嗎？還不快去爭取！」

吳兆奇是蘇珮茹在旅行社上班的姐夫的同事，也是這次路新薔她們出國的領隊，所以對這四個小女生格外照顧。

「真的嗎？我要趕快去。」

路新薔匆匆抓了兩本書付帳，連忙跑出去了。

※　※　※

如願以償地坐到了靠窗的位置，路新薔開心的幾乎將整張臉貼到玻璃上，看著外面的景物。

飛機由跑道起飛，逐漸離地，可以感受到傾斜的機身，而從窗口望出，只見原來的水平景物都成角度歪斜，而且越來越遠、越來越小。先是像地圖般可看到方方正正的建築物，而後像模型玩具般的精巧，再來則難以細分，因為他們已經高高在上，置身雲端了！

「哇！是雲耶！」她忍不住讚嘆了起來。

雲朵像成團的棉絮似的，從他們眼前飄過，甚至就在他們腳下，路新薔想像自己無軀無體，自由的立於雲端，看著底下深邃的海洋如藍寶石般瑰麗，在上白下藍的澄澈世界，感覺真是太棒了！

路新薔戀戀不捨，一直到他們置身雲中，看不清任何事物，她仍望著窗外，體內像是有什麼在騷動著，被滿滿的期待所填滿……

「新薔……新薔……回魂喔！」蘇珮茹在她耳邊叫喚。

「幹嘛？」她轉了過來。

「看妳在發呆，叫一叫而已。」蘇珮茹將安全帶取了下來。他們已經平穩的飛在空

第一章

中，脫離起飛時刻了。

「妳很無聊耶！」好像有什麼被蘇珮茹打斷了，從太虛幻境回到現實世界，路新蕾有些懊惱。

「妳是在說妳自己吧？」蘇珮茹站了起來，找祝慧慧和鍾秀芳聊天去了，她們就坐在後面而已。

適才心頭莫名的騷動，彷彿有什麼在呼喚，感覺挺熟悉的……像是空間中，有什麼在波動，在她的心底產生共鳴，她想要尋找它的來源，卻被蘇珮茹打斷，不禁不悅起來。

這趟旅行，似乎會比她預期的更多……

※　※　※

剛下飛機，便覺熱氣襲來。路新蕾知道東南亞很熱，只是沒想到會這麼熱，穿著短袖薄衫的她，仍止不住熱汗，她的背部已感到溼意。

「好熱喔！」

「怎麼這麼熱呀！」

「熱死人了。」

「就是說嘛！」

幾個女孩子紛紛嚷熱，路新蕾從隨身攜帶的袋子裡取出草帽，不過帽子可不是拿來戴的，先搧個涼要緊！

「新蕾，妳在幹什麼？」蘇珮茹將墨鏡戴上了。

「搧涼啊！」

「妳不把帽子戴上，到時候中暑就不好玩了。」

祝慧慧和鍾秀芳已經戴上帽子了，路新蕾也知道蘇珮茹的用意，不過下飛機再走幾步路到機場內就可以吹冷氣了，她也就任憑毒辣的太陽曝晒了。

經過一番手續，領了行李後，終於得以出機場，直達目的地了。

「我們來拍照吧！」蘇珮茹提議著。

「好啊！趁車子還沒來，先照幾張相吧！」路新蕾附議，祝慧慧和鍾秀芳更沒

第一章

有意見。

「快點、快點！」

幾個女孩子趁著當地的導遊和接他們的車子還沒到達，在機場邊開始拍照，將豔陽、藍天、遊客，還有自己盡數留作紀念。

熱情的赤道地區，適合放肆狂歡。

機場前面主要幹道車子來來往往，絡繹不絕，吳兆奇對著一名皮膚黝黑的男子打招呼：

「小蔡，你已經到啦？」由於他常跑東南亞這條路線，跟當地的導遊都十分熟稔。

「是啊！人都到齊了嗎？」

「到了，都在這裡了。」吳兆奇集合站在他附近的團員，幾個女孩子在聽到集合後，趕緊跑了過來。

吳兆奇開始介紹：

「來來來，我先跟你們介紹一下當地的導遊，他叫蔡偉倫，才二十多歲，你們可以叫他小蔡，比較親切一點。」

「小蔡？」將視線放在小蔡的身上，路新薔臉色開始有了變化。

「對，就把我當成你們在此地的朋友，不要拘束。」小蔡朝路新薔笑笑。

小蔡的皮膚雖然黝黑，但是他的五官深邃，濃眉聚集著英氣，當他笑起來時，猶如當地的太陽，熱情又燦爛，眩惑了她的眼。

可能嗎……

一陣暈眩襲來，路新薔幾乎承受不住，踉蹌的跌在蘇珮茹身上。

「新薔？」蘇珮茹叫了出來。

小蔡見團員有人不舒服，便上前關心：

「她怎麼了？」

「新薔好像不太舒服。」蘇珮茹放在小蔡身上的視線，十分怪異，就連祝慧慧和鍾秀芳都面面相覷。

而倚在蘇珮茹身上的路新薔想要說什麼，卻說不出來。

第一章

是他？在好久不見之後便毫無預警的跑出來，狠狠撞擊她的心扉。

他帶給她的影響還是這麼大，一如當初……

為什麼要再出現？在痛過傷過之後，她以為已經結束了，他卻再度出現在她的眼前。

「她的臉色鑾蒼白的，我抱她到車上好了。」小蔡相當關心，尤其見路新蕾似乎快暈了，他連忙將她抱了起來。

這一抱，路新蕾更暈眩了。

他精壯的身體，厚實的臂膀，再度重逢扯動了她的心弦，她的眼睛酸酸的，趕緊閉上了眼睛。

一直到強烈的冷氣滲進毛細孔後，她才張開眼睛。

他們已經置身於小型遊覽車上，其他的團員都坐在位子上，蘇珮茹、祝慧慧、鍾秀芳三個人擔心的圍著她，而小蔡正拿著類似薄荷油的東西，輕揉著她的太陽穴。

他的力道輕重適宜，她因與他的接觸而胸口沸騰。

「好一點了嗎？」

「嗯。」她張大眼，不敢讓眼前的影像消失。

車子逐漸行駛，小蔡將手中的膠狀物遞給蘇珮茹道：

「她要是不舒服的話，就替她擦一擦。」

「然後你就可以閃一邊涼快了嗎？」蘇珮茹口氣很衝，讓小蔡一驚，不知道自己做錯了什麼。

「珮茹，別說了。」祝慧慧將她拉到一邊。

「還以為他消失了，原來他跑到這裡來了。」蘇珮茹瞪了小蔡一眼，看得小蔡全身雞皮疙瘩都起來了。

「這裡還有其他人呢！」祝慧慧壓低了聲音。

小蔡明白祝慧慧是幫他解圍，而蘇珮茹的眼神似是責備，可是他做了什麼？

只不過是將不舒服的團員抱到車上，有什麼好大驚小怪嗎？蘇珮茹怎麼用那種眼神一直看他？

走到司機身邊坐了下來，小蔡仍不時望向路新蕾。

路新蕾勉強坐起來，這樣她才能看到小蔡。

「新蕾，感覺如何了？」

「還好。」

「妳剛剛那樣，嚇死人了。」

路新蕾苦笑著：

「對不起。」她的眼神仍直視小蔡，小蔡似乎也察覺她在看他，友善的朝她笑了一笑。

路新蕾心頭仍是激動不已，他記得她嗎？

如果他還記得她的話，為什麼坐這麼遙遠？讓她的思念從記憶深處湧出，如狂濤駭浪襲捲而來；如果他不記得她的話，為什麼在她最需要的時候，還願意伸出援手呢？

「別再看了，那種人妳理他幹什麼？」

「我以為……再也見不到他了。」

「我們都沒想到啊！」是因為他在這裡，所以當初他才沒有回去嗎？他忘了有個人在等他嗎？他忘了與她的愛戀嗎？

「我要問他……」路新蕾想站起來，暈眩卻沒有消退。

「等一下，妳別逞強啦！」蘇珮茹扶住了她。

「我要問他為什麼都不跟我聯絡？」

「他既然不跟妳聯絡，意思已經很明顯了，妳還要去自取其辱嗎？」蘇珮茹口不擇言，路新蕾臉色一白。

他的離去，除了傷痛之外，還狠狠挫傷了她的驕傲。

路新蕾不再言語，她的心事，只有她承受。

祝慧慧也說話了：

「新蕾，事情都已經過去這麼久了，妳也該試著讓自己站起來，何必還戀戀不捨呢？」

「不要這麼沒志氣，妳應該給他點教訓的。」鍾秀芳義正詞嚴，惡狠狠的道。

路新薔沒有說話，她的情緒仍處於激動中，還沒有辦法平復過來。

她當然也想從過去中脫離出來，問題是，過去在她的心中，不是說忘記就能忘記的。

而當他出現在她眼前時，她怎麼坐得住呢？

歡樂的氣氛凝滯了，活躍的分子不再跳躍。

「新薔，來來，喝個水。」吳兆奇從車子後面拿了礦泉水過來，幾個女孩子之間的話題被打斷了。

※　※　※

車子行駛在吉隆坡的高速公路，往雲頂高原前進，即使是所謂的高速公路，跟臺灣仍有所差距，猶如臺灣的省道。而且車子行駛在左線，和一般習慣的右線前進完全不同。

路新薔將視線由窗外收了回來，即使明媚的風景、翠綠的田野賞心悅目，也比不上他。

他沒變，他的身影仍是她熟悉的，那五官、輪廓，就連臉上的線條也是她所眷戀的。

可是……他為什麼不理她，那眼神像是陌生人？彷彿他們是第一次見面。哪裡不對？為什麼他不認得她？

小蔡也察覺到不對勁，他不認識這幾個從臺灣來的女孩，但是他卻覺得她們的態度相當奇怪，尤其是他剛剛抱的那個女孩子，看他的眼神讓他心跳莫名加速起來。

明明是不相識的人，為什麼在視線交會時，有著他所不能理解的熱切與……情愫呢？

「現在距離雲頂高原還有一段距離，大家坐了那麼久的飛機，大概也累了，我想就先讓大家休息一下，到達的時候再通知你們。」在介紹過當地的主要幹道後，小蔡停了下來，坐回司機身邊的位置。

「小蔡啊！你今天怎麼怪怪的？」司機達吉以當地的語言發問，他對於小蔡今天的反常感到疑惑。

第一章

「沒有啊！」小蔡也以當地語言回道。

「還說沒有？你剛剛報錯好幾個地方，你知不知道？」

小蔡在這行也做了兩、三年，這條路線他一個月要介紹個好幾次，怎麼今天頻頻出錯？

「呃……呵呵！」小蔡以乾笑混了過去。

「是不是跟那幾個年輕女孩子有關係啊？」達吉比小蔡年長許多，早就發現不對勁了。

「沒有啦！你不要亂說話。」

他也知道自己口是心非，向來爽朗的他，在遇著這群女孩時，亂了陣腳，她們的眼神有著他所不能理解的情緒，他的表現也不如以往的理想了。

這群臺灣女孩，有別於他以前碰到的女孩子。

在休息片刻後，車子也在定點停了下來。

東南亞著名的度假勝地雲頂高原位於海拔六千英尺以上的高原，而他們所要居住的RESORT HOTEL需要搭乘纜車方可到達，於是一群人下了遊覽車，好奇的朝四周張望。

他們站在山頭上，而另一座山頭正是他們的目的地，山與山之間緊密相連，青蔥怡人，讓人忍不住掬一把綠意。

除了他們這一旅遊團外，還有來自別的地方的旅客，準備一起過去雲頂高原，各方的語言交集，熱鬧不已。

「新蕾，妳怎麼樣？還可以吧？」蘇珮茹關心的問道。

「可以呀！要坐纜車，聽起來好像很好玩。」路新蕾盡量讓自己恢復正常，不想讓她們發現她的心事。

「是啊！在上面往底下看，一定很棒！我都迫不及了！」鍾秀芳開心的道。

「來、來，往這邊走，每一輛車只能搭載六個人，不要爭先恐後。」小蔡在入口處吩咐，朝四名女孩特別望了一下。

她看起來還好，雖然臉色有些蒼白，不過比起他抱她的時候好多了。

要是她在纜車上暈倒，可不是一件好事。小蔡擔心起來，不過他可面對不了一群女孩的白眼，就像現在一樣。

他似乎很不得她們的緣，否則怎麼連一個笑容都難以獲得？

他選擇和其他團員搭乘纜車，至於路新蕾，就算他再擔心她，也只好讓她那朋友的姊夫的同事照顧囉！

路新蕾和蘇珮茹、祝慧慧、鍾秀芳等人搭上纜車，吳兆奇也坐了上來。

居高臨下自有一番不同風味，看著樹木、道路在底下滑過，這和搭飛機時鳥瞰又有不同體驗，像是能夠貼近地面，卻又觸摸不著，猶如在地球表面乘風而行，幾欲與大地融為一體了。

「我們來照相作紀念好不好？」鍾秀芳對於搭纜車頗為興奮。

「好啊！」其他人馬上附和。

「來、來，我幫妳們照。」吳兆奇接過鍾秀芳手上的相機，在纜車上開始照起來。

路新蕾擺著笑臉，和她們合照幾張相片，避免將情緒表露，心思卻仍掛在小蔡身上。

雖然他曾經是那麼絕情，撕扯了她的心扉，但是她最想知道的是，為什麼他就這樣一去不復返？連個隻字片語都沒有？

她需要個解釋。

纜車乘載著她滿腹的心事，搖搖晃晃到達目的地。

第一章

第二章

RESORT HOTEL 是當地著名的度假飯店，在剛抵達時，眾人不禁被它雄偉的氣勢懾住，抬頭仰望、舉目橫視，巍峨猶如城堡，而氣候之清涼，讓原先的暑氣為之一消，宛如進入雲中仙境。

而內部裝潢也是大手筆，氣派、高雅，進入飯店，深受氣氛感染，都感到與眾不同起來。

到達飯店後，由領隊和導遊和櫃檯人員交涉，拿到房卡後，蘇珮茹便陪著路新蕾先去休息。

將行李放在椅子上，路新蕾便先在床上躺著歇息。

「珮茹，待會不是要去吃飯嗎？妳先下去吧！不用理我。」

他們搭早上的飛機，到達吉隆坡時，已經是下午的事了，再加上乘車到達雲頂高

第二章

原，幾乎也是用餐時刻了。所以在告知眾人房號後，小蔡也通知用膳的時間，體貼眾人餓壞的肚子。

「妳不去吃嗎？」

「我只想休息。」

「那我陪妳好了。」

「不用了，我就在房間休息，妳先下去，待會妳上來的話，還可以帶點吃的給我。」路新薔懶洋洋的。

蘇珮茹想想也有道理，便道：

「好吧！那我就先下去了。」

路新薔躺在床上，閉上眼睛，聽著蘇珮茹離去的聲音，整個人也放鬆下來，沉浸在自己的世界裡。

如果讓蘇珮茹知道她在想什麼的話，她一定又會罵她自作自受吧？她只好想辦法獨自一人。

她就是無法控制自己，腦海總是不由自主浮出他，她想把他壓在記憶深處，卻適得其反，她也就任憑他再度占據她了。

她一向認為自己是個堅強樂觀的女孩，可是……她也有不欲人知的一面啊！

而那一面，來自於他。

將自己捲入棉被裡，頭埋進枕頭內，她自己知道，她終究陷在他的蠱惑中，無法自拔……

※　　　※　　　※

「路小姐不下來？」小蔡在聽到蘇珮茹的通知後，眉頭不由得皺了起來。

他不喜歡他的團員生病，但那是無可奈何，而路新蕾現在臥倒在床，讓他更覺得自己有所疏失。

「她說她想休息，我就讓她一個人在房間睡覺，所以待會我們再準備一點食物回去給她吃。」蘇珮茹雖然對小蔡沒啥好感，不過在眾人面前，她也不想失態，口氣還算客氣。

就當成這個人是陌生人，一如他待她們一樣。

「我明白了。」

雖然口頭上似乎路新蕾不關他的事，但是小蔡的心底總梗著什麼似的，放心不下。

她的臉色太蒼白，模樣太柔弱，要是她出事的話，他可過意不去。

不行！他得去看看她才能安心。

於是在帶著團員到達餐廳後，和熟悉的餐廳人員打了招呼後，他挑了幾樣容易入口的食物，來到了路新蕾的房前。

「叩！叩！」

沒有回應，他再接再厲。

「叩！叩！」

門終於有反應了，在門被打開一條縫後，小蔡看到了位於門後的路新蕾，那縫隙僅能識人。

他瞧見她的肌膚、她的眼睛，只瞧見了她一部分，他的心頭發燙，渴望看到她整個人……

難道他對她的關心，不僅於導遊與團員之間的交易關係？他發現有個更深的理由促使他接近她。

見到是小蔡，路新薔訝異的低嚷：

「是你？」

「我可以進去嗎？」小蔡亮了亮手中的餐盤。

路新薔看了他一眼，小蔡望著她眸中不可知的宇宙，對於這個女孩……他感到有什麼正在逐漸擴大中……

沒有料到他會來，路新薔還是打開了門讓他進來，想到凌亂的頭髮與疲憊的倦容，她趕緊用手扒了扒頭髮，盡量讓它恢復平順，打起精神。

在他的面前，她還是想呈現最完美的一面。

將餐盤放在小茶几上，小蔡回過頭道：

「先吃一點吧！」

「我以為你不理我了。」

小蔡一怔，回答：

「我有我的職業道德啊！」

路新蕾錯愕的看著他：

「因為我是你的團員，所以你才上來看我嗎？」

「要不要先吃個東西？」小蔡不知該怎麼面對路新蕾，她的眼神含著他所不能理解的愁緒，讓他無法棄之不顧。

路新蕾怔怔的看著他，他真的忘了她？

雖然已經過了一年，但她的印象依舊清晰，而他卻像從來沒有那麼一回事，讓她幾乎懷疑，那是不是只是一場夢？

「你為什麼突然離去？在我最需要你的時候，消失不見蹤影，你知不知道我一個人好害怕，以為你出了什麼事？既然你在這裡，為什麼不打電話給我，或是寫封信，讓我知道你很好？」
對於她的指責，他感到莫名其妙。
「路小姐，我聽不懂妳在說什麼？」
「叫我新蕾，不要告訴我你連我的名字也忘了？」她氣急敗壞的吼了起來。
「好、好，新蕾，我就叫妳的名字。」小蔡盡量安撫她。「妳在說什麼？我聽不懂。」
「我說——你為什麼突然離開？」她再問一次。
小蔡可驚訝了，他道：
「我不明白妳的意思。」
「忘了我很容易嗎？為什麼你表現得好像從來不認識我？」路新蕾不服，她的記憶是那麼深刻，而他卻雲淡風輕。
「很抱歉我忘了妳，在今天之前，妳有來過吉隆坡嗎？」他覺得有必要把事情說清楚。

「沒有。」

「那妳是我新接觸的團員了，那麼……我們在哪裡見過面嗎？」小蔡努力思考他在什麼地方見過她。

路新薔錯愕的望著他。

「你一年前不是到過臺灣嗎？」

「一年前？沒有啊！我一直都在吉隆坡啊！」

路新薔不敢置信的看著他，他的眸子澄澈、眼睛明亮，看不出來有說假話的嫌疑。可是……他怎麼能說他從來沒到過臺灣？

「你沒有到過臺灣？」

「雖然有團員在結束行程後，熱情的邀請我去臺灣，可是我一直沒機會前去。聽說那裡比這裡還熱鬧，我也一直很想去看看。不過妳說我去過臺灣，那是不可能的。」小蔡好脾氣的解釋。

路新薔睜大了眸子，難道她認錯了人？

「你明明是小蔡，明明是……」

「我是小蔡，這一行的都這麼叫我。」小蔡若有所悟。「我是不是跟你的朋友長得很像？」

「難道我認錯了人？」路新蕾眨也不眨的看著他。

對照名字和職業，若是連容貌都相像，巧合是唯一的解釋嗎？他究竟是不是她所認識的小蔡？

他既不是小蔡的話，那她湧出的思念卻落在他身上……思及這一點，她不由得羞赧起來。

見她雙頰突然泛紅，白皙的肌膚透著嬌豔，再加上她病懨懨的模樣，他的心頭一陣悸動，快速的狂跳起來！

她比他見過的任何一個女孩子都美。

不知道為什麼會這個念頭會砸進他的腦海？小蔡感到無所適從，她只是他的團員而已，他卻對她有不同的感覺？

第二章

為了避免自己失態，小蔡藉著其他動作來掩飾無措。

「先吃點東西吧！」他將餐盤拿到路新薔面前。

路新薔原本正在懷疑自己，卻看到他右手虎口上的傷痕。她倏地抓住了他，讓小蔡嚇了一跳。

「妳……」

「這傷……是不是你小時候在玩，不小心被柴刀劃到的？」她愛憐的撫及，讓小蔡受寵若驚。

「妳怎麼知道？」

路新薔眉尖逐漸聚集，她沉痛的道：

「為什麼你不肯與我相認？」

「我……我聽不懂妳在說什麼？」

「你什麼都忘了，難道我在你心中，毫無輕重嗎？」路新薔悲悽的指控，讓小蔡方寸大亂。

「我不是這個意思。」

「你還想否認嗎?剛剛我差點以為我認錯人了,可是……」她望著他手上的傷口。

「你還想騙我嗎?」

小蔡感到慌亂,他將食物放了下來。

「我想妳需要好好休息,我先走了。」

「偉倫!」

她叫他的名字時,他的心頭被狠狠一撞,小蔡感到迷惑、慌張,是什麼讓他無法控制?

在掌握不住之際,他只能狼狽的退了出去。

「再見。」

路新薔想抓住他,但是他已離開房間。

原本清涼的空氣變得好冷,路新薔撫著額頭,感到頭越來越痛,是不是他發現無法掩飾認識她的事實,所以才趕緊離開?

那麼……他是認識她的，他一定還記得當初。路新薔為他的舉動下了答案。

※　※　※

「啊！又輸了！」蘇珮茹慘叫起來。

路新薔從冥思中回神，差點忘了她在賭場裡，來到這裡，每個人臉上都流露出興奮，有誰像她一樣愁容滿面呢？

「十賭九輸嘛！」雖然知道這個道理，路新薔卻把手中的硬幣投下去，她出國本來就是來找樂子的。

好不容易身體舒服一些，她出了房間，四處逛逛，仍然振奮不起來，看著蘇珮茹對著吃角子老虎機生悶氣，也比她為情所困好多了。

「我也只是碰碰運氣而已。」蘇珮茹又把硬幣投了下去。

兩個人都沒有中獎，同時把錢捐給了機器。

「看來是沒什麼運氣。」路新薔喃喃的道。

為什麼不跟她相認？她都已經確定是他了，再說誤認太牽強，結果只有她獨自煩悶，他倒樂得逍遙。

只是想要個答案，竟也那般困難，在他完全逃避的狀況下，她要怎麼向他索討呢？

本來好好的心情，在見著小蔡後，全部都變調了，她沒有辦法像剛出國時那般興奮。

已經十一點多了，但是RESORT HOTEL的夜生活才真正開始，到處都是來尋歡的客人，觀光客、當地人，全都籠罩在金黃色的水晶燈下，閃閃的光芒照得人睜不開雙眼，有種被催眠的感覺。

她雖然睡過一覺，但只是淺眠而已，所以現在有點懶洋洋的。

「新蕾、珮茹，我中獎了！」鍾秀芳興奮的朝她們跑了過來，把祝慧慧丟在後面——還有小蔡。

「中獎？」

「對啊！我剛玩吃角子老虎機，結果竟然讓我中了！我剛把它拿去兌換，有一萬多塊臺幣喔！」鍾秀芳眉開眼笑。

路新薔當然很替鍾秀芳開心，但看著小蔡站在幾步之外，和她保持著距離，一股怒氣湧了上來。

他不僅裝不認識她，還跟她保持距離。

好！很好，他有他的態度，她有她的方式。

「他為什麼在這？」

「我剛剛找不到吳大哥，碰到小蔡，就拜託他幫我換錢。」鍾秀芳吐了吐舌頭，訕訕的道：「新薔，對不起啦！」她知道身為路新薔的朋友，實在不應該跟背叛路新薔的小蔡有交集。

「明天還有活動，妳們注意一下時間，最好早點休息。」小蔡見矛頭指向他，試著化解氣氛。

「我們知道。」路新薔淡淡的道。

「怎麼樣？輸了還是贏了？」小蔡朝路新薔和蘇珮茹問道，盡量讓彼此間的關係能夠融洽一點。

「這裡的吃角子老虎機只會騙錢，就跟人一樣。」蘇珮茹譏諷的道，聰明的小蔡感到相當刺耳。

路新薔沒有阻止蘇珮茹，她不想讓其他人知道她太多的情緒。

「你也跟著我們待到這麼晚嗎？」

「待會我就會回去了。」

「去哪？」她微怔。

「旅館是你們住的地方，我就在外面找個地方睡覺。」除了她們的態度之外，路新薔還是讓他感到無措。

她的眼神掠住了他，讓他不知該怎麼面對她。

她只是個遊客啊！等到她回去後，又換一批新的遊客來，她會是他生命中的過客嗎？而為什麼自己又這麼在乎……

試著讓自己鎮靜，小蔡忙道：

「時間也不早了，我先回去了。對了，明天早上七點半吃早餐，八點我們就出發，祝妳們玩得愉快。」

「等一下！」路新薔擋住了他，目光深沉。

「有事嗎？」

「你是不是有什麼應該對我說？」她決定採取主動出擊。

「有嗎？」小蔡滿臉愕然。

「雖然已經過了那麼久，但是有這麼容易忘記嗎？」對她來說，是一段多麼刻骨銘心的愛戀啊！

小蔡仍是不解，他滿臉迷惑。

「我不知道妳在說什麼？」

「不知道？你以為一句不知道就可以掩飾一切？當初你可不是這樣的，現在卻完全不認帳？」路新薔控制不住，怒火衝了上來。

小蔡滿臉莫名其妙：

「我真的不明白妳在講什麼？」

「你還想掩飾到什麼時候？還是你根本不在乎，所以才會忘了？」她的語調急切，痊癒的傷口扯出新傷痕。

「新蕾，好了，別說了，大家都在看了。」祝慧慧上前拉住她。

「我只是想要一個答案。」

「跟這種人要什麼答案？早在他離開妳的時候，就該忘了他。」蘇珮茹冷冷的道。

「或許他有苦衷。」祝慧慧話一出口，換來蘇珮茹的不屑：

「苦衷？哼！他有苦衷就說出來啊！既然他什麼都說不出來，還故意和我們裝作不認識，那還有什麼好說的？」

小蔡被她們講得一頭霧水，但是自己的人格被批評，縱然脾氣再好，他也惱怒了，但又不想把事情鬧大，沉聲問道：

「我們之間是不是有什麼誤會？」

「除非你把我們的相識當成一場錯誤！」路新蕾相當不滿。

「我不知道我做了什麼讓妳這麼生氣，或許我應該通知公司，請他們換個人來，這樣才能讓妳們玩得愉快。」他是真的生氣了，畢竟沒有人能被一再毀謗後還心平氣和。

路新蕾更氣惱了：

「你以為這樣就可以解決了嗎？」

「或許妳還有更好的建議？」

「不要表現得沒有一回事，你到底是故意的？還是真的忘記了？」不論是前者或後者，都讓她心寒。

她總是一再講著他聽不懂的話，小蔡不悅了：

「路小姐，我們是不是溝通有問題？」

「你……」

「怎麼啦？發生什麼事了？」吳兆奇老遠就聽到有人用中文在吵架，沒想到是自己這一團的。

「吳大哥，我沒想到我這麼不受歡迎，我回去立刻跟公司反應，請他們明天派別人過來。」小蔡回過頭跟吳兆奇說，吳兆奇愣了一下。

「怎麼回事啊？」

「我希望我帶的團都能夠玩得開心，如果因為我的緣故而鬧得不愉快，那我很樂意退出。」

「小蔡，別這樣，有什麼話好好談。」吳兆奇搭著小蔡的肩，回過頭說：「珮茹，時間不早了，妳們快回去休息吧！」

路新薔還想說些什麼，被蘇珮茹拉走了。

※　※　※

「不要阻止我，我要跟他講清楚！」路新薔邊走邊抗議，她被蘇珮如、鍾秀芳和祝慧慧三人個拉著走。

見附近沒有什麼人，蘇珮茹才放開她道：

「留在那裡也沒什麼用，而且多這麼人，再下去丟臉死了。」

「我也不想這樣，可是小蔡他表現得好像不認識我，我一想到就沒辦法冷靜。」路新薔想到小蔡的表情，她就心頭一痛。

好像……他們從來沒有那段情，全是她的想像。

她不喜歡這樣，她對小蔡這麼用心，卻得不到同等的回報。

「其實我覺得小蔡並不像在說謊耶！」鍾秀芳開口了。

「什麼意思？」路新薔望向她。

「也許因為妳跟小蔡有過一段情，所以妳看他不理妳，會這麼生氣是正常的，可是我覺得他是真的不認識我們。他如果要躲著妳，應該連我們也不敢接觸，可是他對我們卻一視同仁。要不然他怎麼還願意幫我換錢呢？所以我在想，是不是他回國之後，出了什麼事，讓他忘記了過去？」鍾秀芳為整件事做最和緩的解釋。

「是這樣嗎？」

「小說或電視劇上面不是常有男女主角分開之後，有一方就出了車禍或遭遇意外什麼的，結果兩人的戀愛談得非常辛苦。說不定小蔡也遇到了什麼事，才會變成這樣。」鍾秀芳繼續發揮她的想像力。

路新蕾一怔，回想他們接觸的這幾天以來，小蔡待她們一如其他團員，不僅相當有禮，也不因尷尬而有其他表現，甚至有時候，他對她所說的話露出不解的表情。

難道他真的全忘了？

想到這裡，路新蕾更加難受，不論是刻意否認或是其他因素，她都不喜歡這樣。

蘇珮茹情緒也緩和下來：

「妳這樣說也有可能啦！前面還講得頭頭是道，真難得喔！」

「什麼叫做真難得？」鍾秀芳不悅起來。

「看妳平常迷糊的樣子，沒想到觀察力還真敏銳。」

「那是因為妳還不夠了解我，虧妳還認識我這麼多年，竟然還不曉得！現在知道了吧？」鍾秀芳誇張的反應化解了凝重的氣氛。

路新蕾望向祝慧慧：

「妳覺得呢？」

「唔……也許吧！」祝慧慧並不予置評，神態若有所思。

第二章

如果他真的忘了過去，那她怎麼辦？

如果沒有再遇到他的話就算了，可是現在，他們又見面了啊！

路新蕾回想起她和他的過去，深埋已久的記憶，在見到他之後，一層又一層的被剝開……

「好了，時間也不早了，我們還是早點回房休息，要不然明天就起不來了。」蘇珮茹提醒著她們。

第三章

用畢早餐後，一天的行程也開始了。

在吳兆奇的說服下，小蔡繼續擔任他們的導遊，並決定只做好自己的本分，不再涉入其他。

今天的第一個行程，他們便前往吉隆坡市區觀光，遊覽紀念在一九五〇年，為了捍衛國土而壯烈犧牲的馬來西亞英雄紀念碑，並抵達占地十三頃的國家教堂——清真寺，了解回教對教徒的意義。

而在國立博物館，陳列著各式民俗文物、手工藝品、古幣收藏及藝術品，精彩豐富、琳瑯滿目。

「這裡的蠟像展示出當地人傳統的結婚方式，在男方將女方接到家裡來之後，就……」小蔡口乾舌躁，突然停了下來。

「就怎麼樣了？」小夫妻中的妻子十分有興趣的傾聽著。

「咳咳……」小蔡清了清喉嚨，才繼續他剛才突然停頓的內容。

該死！他怎麼失常的這麼徹底？都是那個奇怪的女孩！

這一路上，路新蕾目不斜視，直勾勾的望著他，讓他什麼都忘了，話也說得沒頭沒尾。

勉強鎮定下來，小蔡避開她的眼神，免得又出錯。

她到底想怎麼樣？一下憤怒的控訴、一下深情款款的注視，他快被逼瘋了！

怎麼會有這樣的女孩？儘管不願再和她有所接觸，可他卻沒辦法躲過她的魔法，心始終定不下來。

「其他的地方你們可以自行看看，有問題再找我。」小蔡說完話時，就離開現場了。

路新蕾在想要用什麼藉口過去跟他講話，卻被鍾秀芳拉住。

「新蕾，快，跟我走，剛剛我們進來時，我就發現外面有小販在賣東西。」鍾秀芳目光熠熠，興奮莫名。除了出來遊玩外，買東西也是很重要的。

「會有什麼好東西？」

「去看看才知道啊！都來到這裡，不買點紀念品太可惜了，走嘛！」鍾秀芳要求著。

「那……我們找人去幫我們殺價？」路新蕾腦筋一轉，她想到可以跟小蔡接觸的藉口了。「聽說這裡的小販為了賺觀光客的錢，都故意抬高價錢，我們可不能吃虧啊！」

「對，我也聽說了，那要找誰？」

「找小蔡去啊！」她顯得很興奮。

「找小蔡？」

「他是當地的導遊，找他去一定可以殺得很低，妳等我一下，我馬上回來。」路新蕾也不等鍾秀芳，便向在一旁跟博物館聊天的小蔡走過去。

小蔡原本正開心的聊著天，在看到路新蕾走來時，愣了一下。

第三章

她是他的團員，也是他的客戶，可是她奇怪的言行舉止，讓他不得不將她推拒在外，儘管如此，心頭那一團熱燙卻依舊不減。

可是現在她走過來了，小蔡閃避不及，路新薔對他道：

「小蔡，你可不可以陪我們出去買東西，順便利用你的關係，幫我們跟外面的小販打個折？」

「妳要找我去幫你們？」

「是啊！可以嗎？」

溫和有禮的她跟昨天完全不一樣，想要拒絕的話，倒顯得自己小氣了，小蔡只好答應：

「呃……好呀！」

「那就走吧！」

明明不應該跟她有交集的，可為什麼還答應幫她的忙？小蔡想也想不透，和館員打了個招呼後，跟著路新薔走向外頭，鍾秀芳已經按捺不住，跑去外面挑選了。

看他離她始終保有三步之遙，路新蕾開口了：

「我是不是讓你不開心了？」

「什麼？」小蔡轉過頭來。

「昨天如果我讓你不高興，希望你不要介意，我只是……只是……你還在不高興嗎？」如果他真的忘了他們的過去，她要如何喚醒他的記憶？

小蔡沒有想到她會擺低姿態，也只能道：

「不會的。」

「那……」她低著頭，咬著下唇，一雙眸子凝視著他，問：「你對我……有沒有印象？」

「什麼？」小蔡更迷糊了。

她抓著頭髮，努力在不擾亂他的原則下，把自己想說的話表達出來：

「你覺得我們以前有沒有可能認識？」

小蔡認真的看著她，他不否認他喜歡看她，這樣的女孩晚一點相遇都嫌可惜，除了熱燙之外，心又浮動起來。

「我很想，不過我現在才認識妳。」

「你確定嗎？」

小蔡一怔，她的眼神流露出迫切，讓他好不容易篤定的心扉，又被打開……

「新蕾，我看到好多東西都好便宜，如果可以再殺價的話就更棒了。」鍾秀芳興奮的跑了過來，打斷了他們的談話，接著她轉向小蔡：「你去幫我們講講看價錢嘛！」

「喔！好。」小蔡有些失神。

她在暗示什麼嗎？他對她有連自己都不明所以的情愫。

在一片迷霧之中，他無法決定要不要踏出去。

路新蕾被打斷談話有些失望，不過沒關係，既然已經讓她遇到他了，她將牽起與他的連繫。

※　　※　　※

在市中心的獨立廣場與被列為世界最高旗桿之一拍照之後，他們立即搭車飛往機場，乘機前往此次重點——蘭卡威。

幾個女孩子之所以會選擇這團，便是因為行程接觸水的機會相當的多。而蘭卡威芭雅島，是這次旅行的重點。

行程是在隔天才開始，所以他們抵達 BERJAYA 飯店時，已是傍晚，儘管如此，幾個女孩子還是相約半小時之後在游泳池相會。

「嗨！妳們也來啦？」同團的小夫妻比她們早一步到達，不過在水底打招呼的只有妻子，丈夫在躺椅上看書。

「怎麼只有妳在游？」路新蕾訝異的望著她。

「他呀！什麼都懶，我不是告訴過妳這次的旅行，還是我一再吵著要出來，他才肯安排這次旅行嗎？」

「聽起來你們好像差蠻多的？」路新蕾困惑極了。

「個性的確是差很多的。」

「那還能夠在一起？」

第三章

「一切都是命啦！」妻子在望向丈夫時，眼神飽含寵溺，讓路新蕾看了既羨慕又嫉妒。

她知道這對小夫妻口頭上雖然愛吵愛鬧，卻是十分恩愛的。

她什麼時候也可以這樣？小蔡連她都忘了……

「新蕾，下來啊！」蘇珮茹已經下水了，祝慧慧和鍾秀芳早伸展四肢，在水上飄浮了。

「好，我來了。」

路新蕾從梯子慢慢下水，等到適應水溫之後，再潛入水底，一個箭飛射似的游了出去。

啪啦！她從水底鑽出。

路新蕾讓身體放鬆，讓自己浮載在水上。這種滋味……就像在雲端吧？既然無法得知躺在雲上的滋味，她只好自我揣測。

望著天空飄過的白雲，身體浸於水裡，像是天地合而為一了。

她仰天輕輕撥開水，在水裡劃出優美的弧線，在岸上的小蔡對路新薔所造成的波紋感到痴迷。

明明不該再接近，但他卻控制不了另一個念頭，和她有所接觸，即使是再看一眼也好。

他喜歡她嗎？要不然為何雙眼總是離不開她？

無論是見到她的人、或是看到她的眼神，他的胸口都會灼熱，甚至有越來越強烈的趨勢。

就算愛上她又怎麼樣？她只不過是個觀光客，跟其他的女孩子一樣，等到時間一到之後，就離開了，那，他還要愛嗎？

與其答案是他設想的一般，那他寧願現在就不要……

嘩啦！

他全身被水淋得溼答答，小蔡驚愕的抹去臉上的水滴，正想出聲時，卻發現在水底的路新薔，他的怒氣無法發作。

水色襯得她的肌膚更加白皙，烏黑的頭髮貼著她的頸，如絲緞般的柔軟，讓人有上前撫摸的欲望。

看他狼狽的模樣，路新蕾不禁笑了起來。

她的笑聲像晴空傳來銀鈴，小蔡什麼氣都消了，訕訕的道：

「好玩嗎？」

「你說呢？」見他的蠢樣，路新蕾更覺有趣。「你在想什麼？連我到你面前都不知道。」

「我……在想事情。」

「想什麼？」

他當然不會說他在想她，縱使她只是眾多他接觸的遊客之一，他不希望她對他有任何不好的印象。

「我只是在想明天的行程，還有些事情要聯絡。」

「明天到芭雅島深潛，應該很好玩。」路新蕾想起要到深海世界，就不由得莫名興奮起來。

「明天的行程保證精彩。」

路新蕾游到岸邊，從小蔡的角度俯看，正好將她的春光一覽無遺，他不由得嚥了嚥口水。

「你覺不覺得我們以前有見面過？不只是現在的關係，甚至可能更深刻？」路新蕾睜著魅惑的雙眼看著他。

「什麼？」

「你要不要想想看，有沒有遇過我？」路新蕾望著他，那豐沛的情感令他一怔。

「我很想早點遇到妳，不過事實是我現在才認識妳，妳為什麼一直問我們以前有沒有見過？」

「你說呢？」

「我不知道。」

「那就想想看啊！」

「如果妳沒有來過吉隆坡，我也沒離開過，我們怎麼可能會相遇呢？」小蔡被她的問題攪得一頭霧水。

路新蕾有些生氣起來：

「我不知道你是真的忘記還是故意的，我希望你不要騙我，就算你不喜歡我，也不必用這種方式來對我，只要你說一聲，我不會糾纏你。你以為我是那種放不下的人嗎？」

「我沒有……」

「那就告訴我答案。」

「什麼答案？」他依舊一頭霧水。

「為什麼莫名其妙的消失，連個隻字片語都不留？我有那麼令你憎惡嗎？為什麼要這樣對我？」想到他的離去，心又痛了起來。

一翻身，她沒入水底，朝波光瀲灩的水中游去。

「等一下！新蕾！」他還有很多話想問，而她已離去，小蔡皺眉苦思，不得其解。

她挖了個洞讓他往裡面跳，裡面盡是迷霧。

她的問題是什麼？她要的答案是什麼？要的那麼渴切，即使他想給，也不知道要怎麼回答啊！

※　※　※

芭雅島，是馬來西亞第一個海洋公園，位於蘭卡威南方十九海里，檳城北方四十海里之處，在海域裡有數千種海洋生物，魚類、珊瑚在此處旺盛的生長。

即使不會游泳，在珊瑚號這艘船上，可以隔著玻璃底船，觀看海底世界，還有當地在深海裡察看動態的人向上打招呼呢！

路新薔嚇了一跳，不過馬上笑了起來。

「珮茹，妳看，外面有人呢！」

「對啊！看他們在水裡好像很好玩，真希望馬上就下水。」蘇珮茹已經躍躍欲試了。

「我也是。」

鍾秀芳和祝慧慧兩人指著外面碧波盪漾的水世界，興奮程度不亞於她們，恨不得馬上就下水。

路新蕾站了起來，興奮的道：

「我去問問看什麼時候才讓我們下水？」

「不是說要等觀賞海底世界結束嗎？」祝慧慧提醒她。

「是沒錯，可是不知道要讓我們看多久的魚？我去問問小蔡好了。」說著便離開座位。

見她提起小蔡，鍾秀芳疑惑的問蘇珮茹：

「新蕾現在是怎麼回事？」

「她一直想弄清小蔡為什麼會突然離開？他們曾經那麼親密，對彼此的心意誰都看得出來，就算要分手也會給個解釋，當初他莫名其妙的離開就連我也很訝異，慧慧，妳說呢？」蘇珮茹也是想不透。

「唔？什麼？」祝慧慧被她嚇了一跳。

「當初小蔡為什麼會突然不見？」

「我怎麼知道？妳又不是新薔，問這個幹什麼？」祝慧慧的臉色有些蒼白。

「那是什麼？」祝慧慧轉移她們的注意力，指著外面一團在她們的正前方黑影。

鍾秀芳認真的看了一會，搖了搖頭。

「不知道耶！」她將臉趴在玻璃窗上。

「什麼東西？」蘇珮茹靠了過來，順著她們的視線指的方向望了過去。

五顏六色的小魚在眼前游過，而在小魚身後的是一團一團散開，奇異而詭譎的海底濃霧……

※　※　※

路新薔從船艙走到船上，左右張望，看到小蔡正和一群潛水人員講話。

清澈的海水和明朗的白雲相輝映，海風狂妄的吹亂她的頭髮，路新薔撥開眼前搗亂的髮絲，見到與水為伍的潛水人員都穿著潛水服裝，小蔡也不例外，貼身的潛水衣緊裹著他健美的身材，線條分明，厚實的胸膛誘得人想碰觸，享受男性陽剛的雄壯。

第三章

小蔡又感到渾身不自在起來，他察覺到又是因為她，只有她能讓他有異樣的感覺。

回過頭看著路新蕾，她遵守船上的規定穿著救生衣，不過仍是令人遐想，光看她白皙勻稱的雙腿，不難想像她的身材有多曼妙。

他感到口乾舌躁起來。

「怎麼上來了？」他走到她身邊，有技巧的由遠而近的看了看，再將視線落在她的臉上。

「我是來問問你，什麼時候可以開始深潛？」

「快了，大概再十多分鐘吧！等他們把裝備準備好就可以了。」

「你說我們每個人都會有一位潛水員帶下去，你也在其中嗎？」她有些貪婪的看著他的身軀，美好的事物總是吸引人的目光，即使是男人的身體也是一樣，她忽然很想知道包裹在救生衣底下的軀體有多誘人……

驀的她將眼睛移開，藉海風吹散她臉上的躁熱。

「我得帶不想深潛的人進行水上活動，不過其他人會好好照顧你們的。」

「其他的水上活動好像也很好玩，不過我覺得在水底會更好玩，你真的不跟我們一起來？」

這是邀請還是試探？小蔡不受控制的想像。

其實……他不否認他很想跟她在一起，可是他有太多的事情，更何況他抓不住她對他的心理。

她對他像是有所嫌隙，又親切可人，前者令他不解，後者令他著迷。

而這兩者，都讓她在他心中劃下痕跡。

「如果有機會的話，我會再回來。待會我就得走了。」小蔡揚起微笑，熾人的天氣讓他躁熱不已。

「你會再回來吧？」

「當然。」

「那回來的時候，你會給我答案嗎？」她炯炯的目光，讓躁熱不已的小蔡感到溫度又提升了。

「我不曉得妳要什麼答案，如果我知道的話，我很樂意告訴妳。」

路新薔憤怒的望著他，眸中有失望。

「你真的忘了嗎？」

「我真的不知道……」

她驀地抓住他，手纏住他的脖子，快速的在他唇上貼上她的芳唇，舌頭攻其不備，鑽了進去。

這個吻來得又快又急，小蔡措手不及，他摒住呼吸，雙眸睜得大大的。

在他還來不及感受她的美好時，路新薔離開了他，喘著氣道：

「你連這個都忘了嗎？」

「我……我……」她所有的問題，他都給不了答案，但是她也不要如此對待他啊！

小蔡怔怔的看著她的紅唇，還有她粉嫩嫩的臉龐，似乎也很可口……

路新薔真的憤怒了，他真把他們擁有的回憶都抹殺嗎？虧她還這麼思念，撫著吻過的唇瓣，她轉身離去。

※　　※　　※

都是該死的他，讓她受到刺激，才會對他做出那種事！

路新薔撫著唇瓣，似乎還能感受到它的熱度，她朝思暮想，萬般眷戀他的吻，在一點都不浪漫的情況下，再度要回來了。

雖然她很想問問他是不是如鍾秀芳所說，他忘了她的原因是因為失去記憶？但是她還是希望他能夠想起她。

她希望，她在他的心底深處……

在下水前要穿戴繁複的裝備，不僅救生衣要穿戴，還得穿上寬扁的蛙鞋，不過氧氣筒一背上的時候，她差點吃不消，這到底有幾公斤啊？連站都站不起來了，還怎麼進到水底悠游？人類真是麻煩啊！

在潛水員的帶領下，路新薔終於順利的下了水。

除了她之外，其他來深潛的人都在當地的專業潛水員帶下水，由於潛水員人數比

第三章

不上遊客人數，所以得分批下水。

一進到水裡，背上的重量頓時減輕，水的浮力再加上體貼的專員拉住她背後的氧氣筒，她得以順利的悠游。

進入碧藍的水底，陽光從水面灑射下來，在臨近水面還能感受到熾熱，再往水底更深一步時，清涼取代了熾熱，她沉浸於水與光的世界，清明澄澈，再加上耳朵有耳塞堵住，只覺得空靈幽靜。

魚群在她身邊游過，近得她只要一張開手掌，就可以抓住五、六條小魚，但是她沒有這麼做，她讓它們自由展現美麗。

綠的、紅的、藍的、黃的……繽紛而熱鬧，魚兒們似乎在與人共舞。

還有水母，像是外太空的生物，透明的身軀伸張又收縮，形成怪異的體形，路新蕾避開水母，向水底探去。

崎嶇的海底，由各色珊瑚聚集而成，有如香菇層層疊積而成；有如扇狀大開，在光的折射下，像在海底搧涼。海葵隨波搖動，海星棲息，繁複美麗，令人不捨。

路新蕾開心的游著，沒注意到背後的潛水員手一鬆，沒有動彈，她往更深的地方游去……

原本澄澈的海底，湧出黑色的汁液擴散，以逆時鐘的方向旋轉，成為一個漩渦。

由於它來得突兀，路新蕾納悶這到底是什麼東西之際，一個吸力將她拉了過去——

潛水員在見到黑色漩渦時，已驚愕的無法動彈，見到路新蕾被黑色漩渦吸了過去，嚇傻的他立即衝出水面。

路新蕾感到被一股深不可測的力量吸住，她想要逃出去，那股巨大無比的力量卻牢牢吸住了她，她的視線越來越模糊，胸口越來越沉重……

這是什麼？為什麼她什麼都看不到？

恐懼襲了上來，她一個人孤孤單單的處於海底，不，甚至不能說海底，因為她根本看不到界限，奇異的力量將她不斷的往下拉，而身上的氧氣筒此刻成了她的負擔，也將她往下拉。

救命！救命啊！

第三章

想要大喊，卻咕嚕咕嚕吃進海水，她的嘴巴進水、鼻子進水，潛水鏡也進了水，她不知道該怎麼辦。

海面離她越來越遠，陽光越來越稀薄，誰來救救她啊？

小蔡……小蔡……

可是她見不到他，她不斷被往下拉……往下拉……

波光瀲灩的水面形成一個小小的光點，而她被棄在光明之外。

第四章

潛水員一衝出水面便驚恐的大吼，他的叫喊只有當地人聽得懂。

因受不了海底的壓力而提早上船的祝慧慧正在休息，她見到帶路新薔下去的潛水員獨自一人浮出水面，感到不妙！

由於船員突然迅速的以當地話交談起來，也有不少人莫名其妙的望著他們，卻沒有人得到解釋。

祝慧慧找不到蘇珮茹和鍾秀芳，她們還在水底游玩，她心裡焦急，正好看到剛上船的小蔡，急忙跑了過去。

「小蔡！」

小蔡見祝慧慧模樣不太對勁，忙問：

「怎麼了？」

第四章

「你問問那個人。」祝慧慧指著帶路新薔下去的潛水員。「他剛剛帶新薔下去，卻一個人上來。」

小蔡一聽，察覺事態嚴重，忙跑到那個人的面前問道：

「塔庫拉，剛才那個小姐呢？」

塔庫拉見到小蔡，驚慌的喊著：

「她不見了！被黑色漩渦吸走了！」

「你在胡說什麼？」小蔡蹙起眉來。

「我沒胡說，是真的！」

小蔡知道塔庫拉不會說謊話，但是黑色漩渦只是一個傳說，怎麼可能會出現？不過見塔庫拉驚慌失措，被船員拉上船時還渾身發抖，那麼……跟他下去的路新薔豈不是……

思及至此，他不由細想，便吸了滿滿的一口氣，跳了下水。

「小蔡！」祝慧慧大喊。

一個箭步躍入水中，善於游泳的小蔡四處尋找，水裡的遊客在潛水員的帶領下，一個一個上了船。

新蕾呢？她會在哪裡？

小蔡感到恐懼起來，害怕……害怕她真的消失，老天怎能如此待她？她還這麼年輕，她這麼美好，他還沒給她答案……

黑色漩渦在哪裡？既然出現了就再出現一次啊！好讓他能夠救她。

他撥開游過他的眼前魚兒，彷彿她就藏在魚群之後，卻一次又一次的失望。出現啊！別跟他開玩笑。

小蔡又往下游了過去，海水已經越來越暗了，他的胸腔因氧氣不夠感覺快要爆裂，卻還撐著不肯走。

他要找到她，他不能失去她……

不能失去？

這個念頭砸入他的腦袋，他終於無法漠視心底的聲音，他喜歡上她了！

第四章

那他更不能失去她啊！他所深愛的大海，把她還給他！

她如果要答案，也請不要用這種方式來逼他，他會想辦法給她，只要她出現的話……

就在他胸口難受，像火燒似的要爆裂之際，一個氧氣孔遞到他的面前，他趕緊深吸了一口。

是另外兩名和他私交甚篤的朋友，他們也下水了。

接過氧氣筒，他們繼續尋找，不過他們並沒有看到塔庫拉所說的黑色漩渦，也沒有看到路新薔。

※　※　※

「怎麼樣？找到新薔了沒？」被緊急通知上船後的蘇珮茹，終於等到下去找人的小蔡上來，趕緊問道。

小蔡臉色相當難看，沒有說話。

見他不語，蘇珮茹的心中升起不詳。

「你說話啊！新蕾人呢？」

「吳大哥，你先帶其他人回去，有消息我再通知你們。」小蔡對著領隊說道。

見他避開重點，蘇珮茹惱怒起來，對他的不滿爆發了出來：

「你這是什麼意思？新蕾人在這裡，你竟然把她弄丟？以前的事我可以不跟你計較，因為你們的感情事我沒有資格說話，但是她這次和我們到這裡來玩，竟然會不見，你說，你要怎麼交代？」

小蔡心煩意亂，任何一個團員出事，都不是他所樂見的，尤其不見的是路新蕾，那個在他心頭留下痕跡的女孩。

「我很抱歉……」他指的是路新蕾不見這件事。

「你當然要抱歉，新蕾那麼愛你，你卻這樣對她，我真為她不值。」蘇珮茹指的是他辜負了路新蕾。

「她愛我？」小蔡震驚的什麼話都說不出來。

「當初我們就叫她不要愛上你，可她卻偏偏不聽，結果呢？你離開了，沒有留下隻字片語，你知不知道她有多痛苦？你什麼都不知道，因為你都沒看到。」

他離開了她？他們都沒有在一起，哪來的離開？被這麼好的女孩愛上是上天的恩寵，他怎麼會離開？

「珮茹，那都是過去的事了。」祝慧慧不希望事情鬧大。

「可是新薔從沒有忘記過。」

「新薔不見是事實，小蔡當初離開新薔也是事實，可是妳不覺得把這兩件事兜在一起，好像不太對勁？」鍾秀芳也說話了。

「誰叫他那麼惡劣？」蘇珮茹知道鍾秀芳說得沒錯，可是只要想到他離開時，新薔有多痛苦，就不禁將所有的罪過往他身上推。

祝慧慧終於忍不住了，她喊了出來：

「是我，是我要小蔡離開新薔的！」

「什麼？」蘇珮茹和鍾秀芳兩人驚訝的望著她，而不明所以的還是小蔡。

「那時我以為他介入了新薔跟敬宇之間，見新薔那麼痛苦，所以要求他離開，我不知道……原來敬宇是那種人，新蕾一定早就看清了才會選擇了小蔡，可是我不知道，我還要求他離開新蕾，是我的錯……」祝慧慧跌坐在地，對自己的所作所為感到相當懊悔。

蘇珮茹驚愕的望著她，鍾秀芳連話都說不出來了，小蔡更感到頭暈目眩，在這之前，他從來不認識路新蕾啊！

吳兆奇聽得莫名其妙，不過見狀況不對，出面打圓場：

「我看我們先回旅館好了。」

「那新蕾怎麼辦？」祝慧慧擔憂的問。

「我會去找她。」小蔡說完，便前去準備氧氣筒，打算再下水。

「小蔡，」祝慧慧拉住了他。「對不起，我只是為了新蕾，對不起。」

「別再說了。」他聽不懂這些莫名其妙的話，他現在要做的，只有找回路新蕾。

祝慧慧後悔不已，她以為他在責怪她，不再說話，讓他下水。

由於出了這種事，為了安全起見，整艘船的活動都停止了。

第四章

小蔡潛入海底找路新蕾，生要見人，死要見……

不行！她不可以死！一想到她葬在海底，他的心就開始痛，所以她千萬不可以出事。

可是她下了水已經超過一個鐘頭，她身上的氧氣筒也只夠半個小時，就算她沒事，仍是無法避免缺氧。

老天！保佑她！救救她！

如果能夠再見到她，不論她再對他說什麼奇怪的話或任何舉動，他都不會再逃避了，他要迎接愛情……

蘇珮茹她們指責他的無情，如果他見過路新蕾的話，他絕對不會讓她傷心的，因為……他愛上了她。

不要待他如此殘忍，在他動了心之際，又狠狠的刺他一刀……

新蕾？小蔡不敢置信的看著眼前。

原本清澈明亮的海底，既使離水面遙遠，也能夠見到絲毫的亮光，可是在他眼前的卻是一團黑霧，像章魚伸張著它的爪牙，而新薔正在裡面。

小蔡？

路新薔看到小蔡在他面前，欣喜萬分，她以為沒人會來救她，他卻來了。

他沒有忘記她，他來救她了，他仍是對她有情的。

想要感謝他，想要擁抱他，想要開心的張開雙臂去迎接，卻動彈不得，這黑霧困住她的身軀，路新薔動彈不得。

眼看路新薔就在他面前，小蔡開心不已，游了過去。

她沒事，她還活著，太好了，他無暇去理會這神祕的黑霧是什麼，全力向它游去。

想對她說，不要慌張、不要害怕，他來了……

小蔡正要進入黑霧裡，它卻開始蔓延，擋住了他的視線，他看不到她。

新薔呢？人呢？

焦急的揮舞雙手，他什麼都抓不到，黑霧隔開了她，也隔開了他與可見世界的連繫，他什麼都看不到。

糟糕！她人呢？

他的身體越來越重，開始往下沉，腳像有人拉住似的，他無法掙脫。

新蕾，妳在哪？把手伸給我，讓我救妳出去……

眼前仍是黑漆漆的一片，他想要救她，卻無能為力，眼睜睜看著她在他眼前消失……

※　※　※

西元一九九六年

小蔡從夢中驚醒，汗流浹背，即使僅著短褲睡覺，他還是感到悶熱，心仍狂跳不已。

看了看時鐘，已經兩點半了。

睡不著，坐了起來，打開冰箱，取出冰涼的啤酒，打開拉環一飲而盡，抹了抹嘴角的殘漬。

不想睡覺，不代表惡夢遠去。

這一年來，他無時無刻都在想著路新蕾，那僅和他相處兩、三天的女孩子，那個……在水底的女孩子。

憤憤的將啤酒瓶往垃圾筒一丟，沒中，它滾落一旁。

腦中全是雜亂的景象，她的臉、那天晴朗的天氣；她的臉，與他的交談；她的臉，陽光與大海；她的臉，黑色迷霧裡的臉……恐懼襲上了身，真的有黑色漩渦，並且帶走了她。

黑色漩渦只是一個流傳在老人口耳之間的傳說，遇到黑色漩渦的人，即使水性再佳，也擺脫不了它的糾纏，以至於無法回家。

如果不是他在昏迷之前，塔庫拉和本墨將他從黑色漩渦裡拉出來，他會以為那只是一個傳說，她也只是一個幻覺。

但是她不是，她在黑色漩渦裡，等著他去救她。

心痛再度啃蝕著他，他打開窗，讓夜風吹了進來。

第四章

她在他面前消失，讓他幾欲發狂，那一陣子，他拚了命的找她，在芭雅島沒命的深潛，期盼能夠找到她，大家都以為他瘋了，工作也因而辭去，他還是找不到她。

他對不起她，但是……他更心痛的是，她像水般從他手中溜走。

所以後來，他不再碰水。

不再游泳、不再戲水，不再與帶走她的神祕力量有任何瓜葛。不過那股神祕力量卻偏偏愛纏他，從夢中。

於是他常夢到她的臉，憤怒的、開心的，驚慌的、恐懼的……這些都只能在夢中浮現。

※　　※　　※

「小蔡、小蔡！」

小蔡懶洋洋的打開門，見是他的朋友本墨，他連招呼也省了，回到屋內，頭也不回的問：

「什麼事？」

「這事我不知道該怎麼說，真的很奇怪，我們都不知道該怎麼辦，只好過來找你了。」本墨抓著頭，一臉困惑。

小蔡終於把頭轉過來，將注意力放到他身上。

「到底什麼事？」

「我今天又到芭雅島帶遊客……」

「夠了！」小蔡臉色大變，吼了一句。

他已經很久沒去也沒聽過那地方的任何事了，他忘不了那個地方帶給他的心痛。周遭的朋友也都識相的不再提起，可是本墨這傢伙，明明知道他忌諱，卻還偏偏提起。

本墨不放棄，繼續道：

「你得聽我說。」

「別再說任何有關那個地方的事了。」

「我知道你不喜歡聽，我也不知道該怎麼講，反正你一定得過去就是了。」本墨不

第四章

由分說，將他拉著走。

小蔡還想抗議，已被本墨推上車，朝港口駛去。

原本還想離開的小蔡，在本墨的堅持下，跟著他走，抵達港口時，塔庫拉也在遊艇上，他一見到小蔡，又驚又喜，開心的直嚷：

「太好了！你終於來了！」

小蔡見他似乎過於激動，還不知道發生了什麼事，本墨已經推著他上了游艇，向芭雅島而去。

小蔡只好跟著他們回到他不願再想起的地方。

那一天，陽光像現在一樣燦爛，碧藍的海水一望無垠，鹹鹹的海風吹在他身上，他不禁恍惚起來，過去和現在交集。

「就在那裡。」

有些仍然存在著，有些失去了……

在沉思之中，他們已經抵達珊瑚號了。

小蔡勉強打起精神，他相信本墨會給他一個解釋，要不然在發生那件事之後，每個人都避免在他面前提及芭雅島，如今他們卻硬推著他來。

「你看到她就知道了。」本墨在游艇靠及珊瑚號時，跨上了船。

小蔡踏上珊瑚號，一上船後，他幾乎以為他又陷入海裡了。

是她，那個被困在黑色漩渦裡的路新蕾，她的臉孔一如當初，只是臉色更為蒼白，陽光照在她身上，光線在她身上流竄著，猶如另一個漩渦。

他看不真切，以為是另外一場夢……

「是……是妳。」他喘不過氣來。

路新蕾在看到小蔡後，情緒傾洩而出，她再也忍不住，上前抱住了他。

「小蔡，太好了，我以為沒人了，你們跑哪去了嘛！」她語帶哭音，像受驚的小兔子。

「妳……怎麼會在這？」

「你們到底跑哪去了嘛？人都不見了！珮茹呢？慧慧和秀芳呢？為什麼整艘船的

人都不見了？」

小蔡被路新薔抱住，她在顫抖，小蔡忍不住擁抱住她，給予她安慰，也感受到她的真實。

他不敢置信，沒錯，是她！

不是夢，是真的，她就站在他面前，在他懷中，就像是他把她從黑色漩渦裡救了回來。

他驚訝的問本墨：

「這是怎麼回事？」

「下午我在帶人深潛時，發現這個女孩只有一個人，我怕她出意外，就把她帶上船，沒想到她上來之後就大呼小叫，後來塔庫拉也大叫起來，我才知道她是一年前消失的那個女孩，她誰的話都聽不進去，我們聽到她一直叫著你的英文名字，就把你帶過來了。」

小蔡感到胸中像有什麼被釋放，他激動不已。

一年了，她消失一年了，可知道他有多難熬啊？在她不見的這段日子，他承受多大的壓力，認為沒有把人帶好是他的疏失，而現在她出現在他們眼前。

她就在他的懷裡，身體不知是不是因為過於寒冷而抖個不停，即使船員替她蓋上條大浴巾，她還是無法靜下來。

「新蕾，妳還好吧？」

「你們到底跑哪去了？我還以為我被你們丟在這裡了。其他人呢？為什麼都走得這麼快？」

小夫妻不在、「三人行」不在，那對母女和那一對夫妻都不見了！

小蔡莫名其妙的看著她，她在說什麼？

「我們沒有走，我們……」在一團迷霧未解開之前，小蔡不知道該怎麼說，有很多話想問，但是她現在的情況很不穩定，這裡又那麼多人，他拍拍她的肩安撫的道：「我先帶妳離開好嗎？」

「好。」

第四章

小蔡向本墨說了幾句話，幾個人便離開了。

帶著路新蕾到遊艇上，在一片迷霧之中乘風破浪，看不清前方。

一直以來，他都因未能救她而感到愧疚，如今她在他懷裡，就在他眼前。

這到底是怎麼回事啊？

他找她找了好久，由於旅客在當地失蹤，連政府也出面搜救，但是……動員一個星期，找不到她的人，大家都以為她死了。

被深不可測的大海帶走了。

一般猜測她是擅自離開海域，以至於迷失方向，而真正實情只有幾個人知道，將黑色漩渦的事情報上去太懸疑、太詭異了。

就像她現在出現一樣。

她的失蹤與出現，都讓他的心頭震撼，腦筋一時混亂，於是在見到她的疲憊與柔弱時，情不自禁伸出他的臂彎，給予她安慰。

他拍著她的肩膀，她的顫抖漸漸緩了下來。

他發現她不是冷，而是受到太大的刺激，以致身體不受控制的顫抖，察覺到這一點，出於下意識，他在她額頭吻了一下。

這一招果然有效，她平靜了下來。

須臾，路新蕾抬起頭來，雙眼對上他的，小蔡感到不安起來，他只是希望能夠給予她更多的溫暖，一時沒考慮才在她的額上吻了一下，是不是……太過分了？

她並沒有生氣或是惱怒，反而平靜了下來。

「我好累。」她趴在他的身上，兩眼閉起來，她感到放鬆及溫暖。

「那就好好休息吧！」

※　※　※

她的夢很深、很沉，像是沒有止境的一直將她往下拉，她恐懼、她害怕，可是沒有人救她。

她想要大叫，海水阻攔了她；她想要逃脫，卻被陷在這黑色迷境中。

只有他……他在她眼前，她以為他不理她了，可是他來了。

第四章

他的臉孔在光的照射下，清晰而明顯，他朝她游了過來，她想要抓住他，這濃厚的黑色迷霧卻如魔獸，張牙舞爪，阻隔了她與他……

她不是才見到他嗎？為什麼又消失不見？

究竟這是幻境？還是他憐愛的一吻只是錯覺？

她到底什麼時候才可以逃離這場恐怖的夢魘？什麼時候才可以回到太陽下？什麼時候才能再見到他……

「啊！」她駭怕的大叫，卻發現自己的聲音虛弱的可憐。胸口急促的呼吸，對所經歷的一切感到恐懼。

「妳醒啦？」一記溫和的聲音響起。

路新蕾抬起頭來，看到小蔡就在她眼前，她睜大了眼睛，想要分辨這到底是不是幻覺？

這裡不是海，這裡是住家，環境簡單而單調，但她卻感到安心。

她在陸地上，不是在海裡。

胸口像是放下了一塊大石，她吁出了一口氣，感受毫無重量的空氣，比充滿壓力的海水中讓她輕鬆許多。

他握住她的手，遞給她一杯水。

「先喝點吧！」

路新蕾不知道自己的嘴唇又乾又灰，唇上薄弱的皮脫落少許，她只覺乾渴，將他遞過來的開水一仰而盡。

又甘又甜，不像苦澀的海水。

「我還要。」她將杯子遞給他。

小蔡又倒了一杯，溫開水喝起來格外潤喉，連喝了好幾杯，困乏的身體得到充分的歇息，乾渴得到了解決，她終於滿足了。

見她恢復些精神，小蔡放心了，卻也感到疼惜。

有太多的問題想問，但不是現在，他不想在她疲憊的時候加予更多壓力。雖然她即使睡眠充足了，但眸中仍有絲疑懼。

第四章

「還需要什麼嗎？」

「這裡是什麼地方？」她疑惑的發問。

「這裡是我家。」

他為什麼不帶她回旅館，而把她帶到他家來？念頭剛閃過，路新蕾本想發問，卻道：

「可以的話，我想洗個澡。」在又黑又冷又鹹的海水裡浸泡，她感到皮膚都腫脹不已。

「沒問題。」

「可是……你有換洗的衣服嗎？」

小蔡一怔，現在要他變出女孩子的衣服怎麼可能？他又不是魔術師，還可以點石成金，思索了片刻，他道：

「妳先穿我的衣服吧！」說著便從雜亂無章的衣櫃裡，揀出一件襯衫給她。

路新蕾接了過來下了床，因著泳裝，動人的曲線在他面前展露。

小蔡盡量將視線避開她，她看來……太誘人，他很難不去注意她，她對他來說，有無法抗拒的吸引力。

在他的指引下走進浴室，路新蕾在打開水龍頭接觸到熱水時，臉上的緊繃鬆緩了。

她需要一個熱水澡，一個讓她忘卻冰冷海水的熱水澡。

小蔡開口了：

「有什麼需要可以叫我，我就在外面。」

「謝謝。」

第四章

第五章

小蔡出了浴室，聽到裡面嘩啦啦的水聲，才鬆了一口氣。

她出現了，她回來了，她不再是他的那場夢，糾結於愧疚及痛心的夢境，他只要打開這扇門，她就站在他面前。

初時看到路新蕾時，他感到震驚，現下感到恍惚，那水聲變得遙遠起來。

一年了，離那個斷點已經一年了，他的腦海清楚的告訴他，她死了；可是心中卻隱藏著渴望，期盼她有一天會出現。

他一直沒有放棄她，直至她出現在他眼前，驚喜與疑駭爭先恐後的湧出。

這一年以來，她去哪了？為什麼毫無消息？又為什麼重新出現？有太多的謎他無法釐清。

不論如何，對她的出現，他是充滿喜悅的。

第五章

他所喜愛的大海，並沒有把她帶走，相反的，它還將她還給了他，讓她回到他的懷中。

在他尚未從見到她的情緒中恢復過來，路新蕾已經從浴室走了出來。

她的頭髮溼漉漉的披在肩上，他的襯衫對她來說太過寬大，她原有的曲線都隱藏在衣物之下，唯一可見的是那雙修長的雙腿……她依舊和他印象中一樣迷人，一樣在不知不覺撩動他的心弦。

「有吹風機嗎？」

「有、有。」為了掩飾困窘，小蔡轉過身，翻箱倒櫃的找吹風機。他向來不用這玩意兒，買了只是備用而已，所以一時間倒也不知放到哪了。

見他找東找西，路新蕾用手擰著頭髮，忽然見一條毛巾遞到她面前。

小蔡尷尬的道：

「先用這個吧！」

路新蕾只好用毛巾擦拭頭髮，幸好這天氣炎熱，頭髮很快就乾了。

見小蔡的眼神一直在她身上，看得她幾乎以為自己沒穿衣服，思及她在他的家，穿著他的襯衫，她也不禁侷促起來。

「你在看什麼？」她羞赧的問。

「我……我只是在想妳到哪裡去了？」小蔡適時的轉了話題。

「我到哪裡去了？」她失笑。「是你們全部不見了，害我上船的時候，一個認識的人也沒有，嚇了我一大跳，我以為你們都不理我了。」和在海中一樣，她驚慌、恐懼，卻沒有人伸出援手，想來仍不寒而慄。

小蔡困惑的道：

「上船？妳上哪艘船？」

「珊瑚號啊！還有哪艘船？」

「可是……妳下海之後，我們就再也沒見到妳，我們還下去找妳，卻沒有妳的蹤跡。」

「你們下去找我？是我自己上船，對船上的人提起你的英文名字，他才帶你過

第五章

來。對了！珮茹她們呢？」她想起她的朋友們。

「她們回臺灣了。」

路新薔睜大了眼，低呼：

「回臺灣？有這麼快？」

「是真的。」

「你在胡說什麼？她們怎麼可能不等我，就直接回臺灣了？我得回飯店去。你可以載我過去嗎？」

察覺到不太對勁，小蔡疑道：

「已經那麼久了，她們已經回去了。」

「怎麼可能說走就走？就算要回去，回程班機的時間也還沒到啊！你到底願不願意載我過去？」她有些生氣起來。

「妳要去哪裡找她們？她們已經回去一年了。」

※　※　※

路新蕾聽到這句話時，整個人呆住了，她想要出聲反駁，卻見他認真的表情，找不到任何破綻。

她清了清喉嚨，開口：

「這個笑話並不好笑。」

「我並不是在說笑話，妳已經失蹤整整一年了，我們都以為妳已經……可是妳回來了。」

「你在胡說八道。」

「我沒有胡說，這一年以來，因為妳的消失，所有人的日子被打亂，全都不得安寧。」不僅塔庫拉因自己一時害怕而拋下她良心不安，他更是因為她的不見而煎熬、備受折磨。

見他說得認真，不似在撒謊，路新蕾感到地面在搖晃，像是在黑色海中……她坐到床上，閉上眼，須臾才睜開，道：

「我沒辦法相信你。」

第五章

「我也沒辦法相信這回事，妳突然消失，大家找妳找得都快發瘋了。妳的朋友們在這裡待了超過一個禮拜，在大家都不再抱持希望下，她們才回去的。妳可以告訴我，這一年來，妳跑到哪裡去了嗎？」她的消失與出現，讓他幾乎以為時間仍停留在去年。

路新薔看著他，一股莫名的恐懼像遭受蟲蟻嚙食著神經與骨髓似的，她全身顫抖，卻沒有辦法把那股恐懼排除。

「你胡說！你讓我去找珮茹她們！」她站了起來。

「她們已經回去臺灣了。」

「我不知道你到底為什麼要這樣？看我嚇到的模樣很有趣嗎？我才潛入水裡一會兒，被一個漩渦困住，等我起來時，整艘船上的人都不是我見過的人……」說到這裡，路新薔也發覺不對勁，但仍不肯相信小蔡所說的，太詭異了，她急道：「我要去找珮茹她們！」

「一會兒？妳不見了一整年啊！」

「不可能！」她尖叫。

「妳的消息報紙有刊載，我還保存著妳失蹤那時候的報紙。」好時刻提醒他的疏失，以此懲罰自己。

見他從抽屜拿出幾則剪貼，但是上面的文字她看不懂，不過日期她倒是有所察覺。

意識到這一點，小蔡拿起他的電話，對她道：

「妳可以打電話到臺灣，找任何一個認識妳的人，他們都能夠證明妳失蹤一年了。」

見他將電話遞到她面前，路新薔遲疑了。

小蔡急著將事情解釋清楚，將電話放到她手中，路新薔深吸一口氣，撥著蘇珮茹的手機號碼。

「喂？」

電話那頭傳來熟悉的聲音，路新薔問道：

「珮茹，妳們人在哪裡？」

第五章

一陣沉默，緊接著才聽到：

「妳是哪位？」

「我是新蕾啊！妳們人在飯店嗎？」

「新……新蕾？妳真的是新蕾？」

「廢話，妳們現在在哪裡？」

「在臺北啊！妳呢？妳人在哪裡？」話筒那頭傳來蘇珮茹焦急的聲音，震得路新蕾雙耳發麻，她微顫著雙唇，叫了起來：

「妳人怎麼會在臺灣？慧慧呢？秀芳呢？」就算是搭飛機，也要四個小時，怎麼可能這麼快就到臺灣？

「我還想問妳呢！妳真的是新蕾？」蘇珮茹著急的喊了起來：「這一年來妳跑到哪裡去了？為什麼都沒給我們一個消息？」

「一……一年？」這下路新蕾完全說不出話來。

「我們都以為妳……」她的聲音哽咽。「妳要是還在的話，為什麼不跟我們聯絡？

妳現在人在哪？」

「蘭卡威。」她空洞的回答。

「蘭卡威？妳怎麼會在那？妳失蹤的這一年，都在那裡是嗎？」

「我……我再打電話給妳。」路新蕾掛斷了電話，將它推得遠遠的，不敢再去碰任何消息。

明明是同樣的太陽、同樣的天空，大海雖令她恐懼，卻還是她所熟悉的，可是時間……不對了。

她的時間呢？那一年呢？

見她臉色發白，小蔡擔憂的問：

「妳還好吧？」

看著他，她的嘴唇輕嚅，吐出：

「不好。」

小蔡驚覺自己問錯了問題，暗罵自己無能，她的眼神慌亂、臉色失去血色，怎麼

第五章

可能會好？

「我不是故意要讓妳難過的。」他只是想釐清真相。

「怎麼會這樣……怎麼會？」路新薔駭然的看著前方，像是掉入奇異的世界，上不著天、下不著地，毫無方向與邊際。

小蔡心中不忍，他期盼找到她，可是不是這個樣子，為什麼她反而不安難受，看得他也心疼起來。

「新薔，振作點。」

「怎麼會這樣？」她大叫起來：「為什麼我的時間會被偷走？這是怎麼回事？為什麼會這樣子？小蔡，你告訴我！」她抓住了他，以為就可以抓住她的時間。

她的天，全變了。

「我不知道。」見她如此，他也困惑起來。

「不可能，你跟珮茹一定是在跟我開玩笑，不可能！」好端端的，怎麼會時空錯亂？

路新蕾猛搖頭，不肯相信事實。

「新蕾，妳冷靜點。」

「不可能！怎麼會是一年後？如果我跨越時空，那我是到哪裡去了？你告訴我呀！」路新蕾抱著頭大叫。

「我不知道。」

這一年她去哪裡，答案應該是由她告訴他呀！怎麼反而她向他討答案？許多疑問在她出現後，如沸騰的開水不斷浮出泡沫，卻找不到答案。

目前他要找的答案是，如何讓她平靜下來？

「啊！」她抗拒的大叫。

「新蕾！」

※　※　※

從冰冷的海水中出來，又掉入火熱的漩渦中，路新蕾全身發燙，對自己的遭遇感到迷惑。

第五章

她究竟還在不在海水之中？還是回到陸地了？因為感覺並沒有差異。

她總是陷入深沉之中，世界像是排擠、推拒她，她想要進入溫暖明亮，卻被丟到這裡來，她要怎麼做，才能回到她的世界？

一隻手撫上了她的額頭，她貪婪的抓住了它，汲取它的清涼。

手的主人要將它抽回，她低吟：

「不要走……不要走……」

清涼並沒有移走，她滿足的抓住它。這股力量，她感到平靜，不再恐懼了……

小蔡望著被她牢牢抓著的右手，不再動彈，想不到熟睡的她力氣這麼驚人，使他無法動彈。

「鈴！鈴！」門鈴響了。

他想將手抽回來，但是路新蕾緊抓著他不肯放，他又必須去開門，只好在她百般不願下，暫時離開她的身邊。

「不要走……」她像是嗚咽。

「我很快就回來了，聽到了嗎？我很快就回來了。」小蔡將棉被蓋好，在她耳邊低語，並在她額上吻了一下。

她不再嗚咽，安靜了。

小蔡趕緊打開門，本墨帶著杜邦過來了，小蔡一見到杜邦大喜，連忙拉著他進來。

「杜邦，真高興看到你。」

「病人在哪裡？」杜邦不僅是他們的朋友，也是當地的醫師。

「在房間裡，她燒得好嚴重，我只好請本墨帶你過來，你快進去看看她。」小蔡邊說邊拉，將杜邦帶到了房間。

杜邦在看診時，小蔡焦急的在旁邊站著，本墨也在一旁。

見到本墨在看路新蕾，他的心頭湧上了不舒服的感覺，他將本墨推出房間。

「你怎麼也進來了？」

「我進來看看那女孩子有沒有事啊？」

第五章

「有杜邦在就夠了。」

「那你在裡面做什麼？」

「我要留下來照顧她啊！」

就這樣，單純的本墨就被排斥在外，而他仍然想不透為什麼小蔡可以留下來照顧路新蕾，他就不可以？

小蔡在房間裡踩步，發問：

「杜邦，怎麼樣了？」

「再等一下。」杜邦看得相當仔細。

小蔡聽他的話，等了一分鐘又問：

「她還好嗎？」

「嗯。」杜邦發出毫無意義的音節來應付他。

「你還沒來的時候，我真的好擔心，她燒得那麼嚴重，不知道會不會有事？」小蔡握著雙拳，仍是不知所措。

她倒在他面前時，他是多麼驚慌，失而復得太珍貴，可是當她倒下去時，他感到前所未有的衝擊。

他不是得回她了嗎？為什麼又逢劇變？

「你為什麼不好好坐下來，喝口水，說了那麼多話，也該補充一下水分吧？」杜邦拿起一隻針筒，在注射進路新薔的手臂之前，朝他望了一眼。

小蔡尷尬的搔搔頭，不再多話。

杜邦在注射藥水之後，從袋子取出藥丸，吩咐：

「她醒來後，這藥一天讓她吃三次，睡前是紅色的藥丸，如果她還高燒不退的話，再打電話給我。」

「我知道了。」

杜邦收拾東西，站了起來，回過頭看了路新薔一眼。

「她跟你是什麼關係？」

沒料到他會問這種問題，小蔡一窘，趕緊澄清：

第五章

「我跟她什麼關係也沒有，我們只是……只是……她是我以前的團員。」

「什麼樣的團員會讓你帶她回家？」

小蔡一愣，他張大了嘴，想解釋些什麼，卻想不出來，杜邦沒再說什麼，他笑著走出了房間。

本墨從門外探頭進來。

「我可以進來嗎？」他對路新薔相當好奇。消失了一年的女孩，竟然又重新出現了？

「不行。」

※　※　※

照顧病人真是太累了，尤其對方是個女孩子的時候，小蔡完全不知道該怎麼應付。

她只要一有機會接觸到他的身體時，就捉著不放，活像他是她的玩偶，非要抱著才肯入眠，弄得小蔡進也不得、退也不得。

像此刻，他幫她擦拭額頭時，她一個翻身，攔住了他的腰。

「新蕾，別這樣，這樣我很難做事。」他手上拿著毛巾，沒辦法離開。

她發出囈語，毫無動靜。

小蔡放棄了，他將毛巾放到床頭櫃，陪她坐在床上，她循著生物的本能，向最安全的場所偎去。

其實他喜歡她這樣賴著他的感覺，讓他彷彿身處世界的頂端，而他的世界，就是她啊……

他的胸口灼燙，他的身體發燙，她這麼親暱，讓身為男性的他身體產生反應。

她和他靠得這麼近，軀體的熱度提高了他的體溫，他開始產生綺思……

不行！他怎麼可以對她有這種念頭？她是這麼的純真、這麼的柔弱，他不能對她不軌。

可是……她好誘人啊！

他只是一個男人，跟他喜歡的女人在一起，連一親芳澤也是罪惡嗎？

再說，他照顧她那麼久，沒有要求任何報酬，那麼……只是親一下應該沒有關係吧？

他俯下身，摩娑著她的唇，將她的頭抬起來……

她兩顆烏亮猶似黑水晶的眸子正直視著他，把小蔡嚇得從床上跌下來。

他趕緊站穩，尷尬的道：

「妳醒啦？」

「嗯。」路新薔撫著剛剛他摩娑的雙唇，似乎可以察覺他想做什麼。

「醒來就好，我還在想妳什麼時候才會醒來？要不要吃東西？」小蔡藉著說話來掩飾他的無措，他站了起來。

「……好啊！」她仍看著他。

「那我去準備一下。」小蔡離開了房間，仍感到她的視線在他身上，為什麼她剛剛說好的時候，感覺……像是要吃了他？

他一定是瘋了，才會有這種想法。

不知道她對當地的食物是否適應？小蔡準備了口味清淡的米粥、蔬果，讓剛能夠下床的她補充能量。

將吃食端進房中，他很自然的餵起她來。

路新蕾坐在床上，除了身體不適之外，就連她的心理也受到衝擊，莫名其妙前進了八千七百六十個小時，這期間……她到哪去了？

唯一值得慶幸的是，他在她的身邊。

「來，再吃一口。」

路新蕾看著他，道：

「你瘦了。」

「是嗎？」小蔡感到兩頰熱燙燙的，她在看他。

路新蕾相信自己真的脫離了時間的軌道，跳到未來的時空，要不然一個人怎麼可能短短的時間之內，原本圓潤的雙頰變得清瘦？

她以為只過了幾小時，時間卻呈大幅度的跳躍。

第五章

她的過去、未來、現在，被吞噬在時空的黑洞中，讓她對既迷惑又恐懼。

「你有跟珮茹她們聯絡嗎？」她想知道她們的狀況。

「剛開始的時候，她們有打電話來詢問，後來就很少聯絡了。」

「她們都好嗎？」

「我不清楚，不過應該是不錯吧？」

「你似乎過得不太好。」她雙眸晶燦，唯一不用他擔心的就是她的眼神，那令他無力招架。

「是嗎？」他訕笑。

「為什麼？」

小蔡沒有回答，這些日子以來，他像是受她蠱惑，自從她消失後，便陷入了消沉之中，像流沙將他吞噬。

他不知道她如果沒出現的話，他會變成怎麼樣？

「吃飽了嗎？」他避開她的話題。

「嗯。」她沒什麼胃口，會吃只是想補充體力。

「我收個東西，妳再休息一下。」他站了起來，想要離開，卻聽到她開口：

「陪我。」

小蔡望著她，原本的去意在她堅定的注視下消失了，他不由自主順從了，在她的身邊待了下來。

「需要什麼嗎？」

「什麼都不用，只要陪我就好了。」

第五章

第六章

因為她這一句話，小蔡不再避開她，他大膽的如侍在側，讓自己的感情環繞住她，原先的遲疑，此時全都消失了。

她的精神狀況極不穩定，連帶的也影響她的生理，她輾轉難眠、呼吸急促、冷汗直流，小蔡不敢掉以輕心。

「不要……不要……」她悲吟。

「新蕾、新蕾！」小蔡抓住她的手呼喊。

「不要啊！」

她倏地驚醒過來，在發現他之後，鬆了一口氣，像是解脫了，她捂著胸口，仍心悸不已。

「怎麼了？做惡夢了？」

「我以為……以為我還在漩渦裡，以為你只是一場夢。」路新蕾觸及他的臉，確定他不是夢。

小蔡用力握住她的手，往自己的臉上放。

「不是夢，妳看看，我在這裡。」

路新蕾撫過他的眉、他的鼻，安心了，她的嘴角浮出虛弱的微笑。

「嗯。」

望著窗外星光滿天，路新蕾不禁迷惑起來，現在到底是什麼時候？時間對她還有沒有任何意義？

小蔡見她發呆起來，忙問：

「怎麼了？」

「幸好你還在，要不然……我真的不知道該怎麼辦。」她捉著他的手，彷彿這樣就不會有事了。

「妳不會有事的，我在妳身邊。」

她的眸子盛滿濃烈的情感，小蔡已經接受了，不僅如此，他的感情也被她牽引出來。

她在他帶團的期間出事，他一直充滿愧疚，除了良心不安之外，對她的消逝，他感到心痛。

多希望那時候能夠救她出海，那他就不用在這段日子魂牽夢縈，每每惡夢驚醒都是一身冷汗。

如今她回來了，他終於知道失而復得的珍貴，更渴望能夠擁有她。

對他眸中的熱烈，路新蕾感到訝異，在她的時間裡，他都一直躲她遠遠的，可是現在……他的眸中有她熟悉的濃情。

他將落在她額前的頭髮撥開，路新蕾握住他的手，暖流在心頭滑過。

「我等你……好久了。」

「嗯？」

「我不知道你到底記不記得我？我只知道我記得你。見到你的時候，你對我像陌

第六章

生人，讓我很痛苦。雖然在海底很難受，可是如果能夠讓你再次注意我的話，再來一次我也願意。」

在海底的時間到底過了多久她不知道，但是至少浮出水面的時候，有他陪在她身邊，一直到現在。

「新蕾，別這麼說。」想到她所經歷的一切他就難受。

「我只想……愛你。」路新蕾撫著他的臉，低喃：「我一直希望能夠像這樣，彼此面對面，讓你感覺到我的心，它一直在為你跳動，你感覺到了嗎？」她將他的手放在她的心臟上。

小蔡一驚，想要將手抽離，她卻不允許。

她的體溫、她的肌膚，都讓他訝異，迎上她的眸子，他陷入其中，再也無法抽離。

可是她的話，總讓他有所顧忌。他真的可以擁有她的心，在眼前仍是一團迷霧的時候嗎？

驀地，她閉上眼睛，堵住他的嘴。

小蔡被這突來的舉動嚇到，他一時不知所措，不知道自己在做什麼，卻熱烈的給予回應。

他不知道他這麼想要她的吻，想要她的人，一顆心渴望的都痛了。

她曾輕蜻蜓點水的在他唇上啄了一下，帶給他無盡遐思，現在她出現了，以更狂熱加諸，他沉在她的甘甜裡，被她蠱惑了。

慾望促使他擒住了她，將由思念堆積而成對她的愛戀，如今全都還給她。

她的芳香、她的氣息，網住了他，自此無法逃脫……

一直到他放過她，身體躺在床上喘息。

適才被奪去呼吸的她，臉龐格外的嬌豔，不知是因病，還是過於激動而使得她的溫度升高。

「可以……愛我嗎？」她將他溫潤的掌心貼在她的臉上，他感到灼燙。

「我愛妳！我當然愛妳！」小蔡急道：「妳不在的這段時間，我都過著想妳的日子，白天、晚上，都有妳的蹤影。」

第六章

他一直不懂，她濃烈的情感究竟從何而來？但在那件事之後，心中無法表達的情愫盈滿於胸，在此刻全發洩出來。

「那為什麼不理我？」她仍對他的冷淡耿耿於懷。

「什麼？」

「一年前的時候啊！」跟兩年前的他完全不一樣。

「我沒有不理妳，我只是……不敢面對妳。」

「不敢？」

「也許……是怕承受不起吧？我怕妳這份感情不是對我，我怕到最後……只是場空。」

路新蕾抓住他，抓得他都感到有些疼痛。

「為什麼這麼說？我的心都是你的，你在懷疑什麼？」

因為她始終像在訴說著另一個人，可是她的感情卻是針對著他，小蔡猶豫了，他可以接受她的感情嗎？

「我只是……」望著她的眸子時，他決定了。「那都不是重點了，既然妳和我一樣，那我們都沒有什麼理由去推開愛情的降臨。」

路新薔驚喜的看著他。

「真的？」

「當然。」他俯下身，將她剛才對待他的，全部還給她。

※　※　※

清晨的陽光灑在眼皮上，路新薔眨了眨眼，醒了過來。

這個地方，有鳥鳴、蟲聲，一時之間如同陷入叢林，她望向外面的景物，才發現小蔡居住的地點極其幽僻，如同刻意遠離……遠離什麼呢？是那令她不安的大海嗎？

想起小蔡，她的嘴角不禁淡淡的浮起微笑，身體也感到酣暢。

在他的臂彎之中，她睡得十分平穩，厚實的胸膛有別於動盪的大海，讓她感到安心。直到醒來，仍戀戀不捨。

「醒來啦？」小蔡從門外走了進來。

第六章

「嗯。」路新蕾起了身。

小蔡到她身邊坐了下來，端著剛加熱好的牛奶遞到她面前。

「還覺得不舒服嗎？」

「沒有。」她搖搖頭。

能夠有他相伴，感覺固然很好，不過整日要他陪伴，路新蕾也感到過意不去，她並非想鎖住他的時間。

「你不用帶團嗎？」她發問。

「帶什麼團？」

「難道你不需要工作？」

小蔡知道她的時間仍停留在一年前，他道：

「我已經辭職了。」

「為什麼？」她感到訝異。

「只是一份工作而已。」他淡淡的道。

「在我不見的這段日子，究竟還有多少變化？」路新蕾對自己失去的時間感到迷惑。

「我更想知道的是，妳潛入水底之後，到底發生什麼事？」這是最讓小蔡困惑之處。

「我不知道……」想起那冰冷的海裡，她不由的打了個寒顫。

「妳有沒有看到什麼？有沒有任何讓妳覺得不對勁的事情？該怎麼說呢……就是妳覺得詭異的事情？」小蔡盡量講清楚，路新蕾聽得很模糊，不過她卻明白他的意思。

目光斂了下來，她沉聲道：

「我不知道那算不算對不對勁？因為能夠開放給遊客的海域，應該是很安全的啊！怎麼會有漩渦呢？」

「漩渦？」小蔡感到心頭一驚。

「我掉進漩渦裡，怕會淹死在水裡，所以我拚命游、拚命游，一直希望有人來救我……」她閉上眼睛，想起在水裡曾經見過他。「好不容易，我浮上水面，就有人來

第六章

帶我上船，然後……一切都變了。」

「黑色漩渦……」他低喃。

「什麼？」

「那是很老的傳說了，聽說以前捕魚的人，最怕遇到黑色漩渦，因為即使風平浪靜，只要被黑色漩渦吸入，都沒有辦法回家。我本來以為這只是個傳說，沒想到卻發生在妳身上。」他能夠重新找回她，是多麼珍貴？想到這一點，他不由握住了她。

她喜歡他的接觸，讓她有安全感，她反緊握。

「黑色漩渦……那到底是什麼？」難道它具有顛倒時空的能力？

「我想它是個難解的謎，不過還好妳回來了。」他溫柔的望著她。

「我也很高興我回來了。」

雙眸對視，情潮像漩渦似的，將兩人吸入一方不可知的宇宙，幽微的心全被熾熱所填得滿滿的……

將手放在她的上面，小蔡揚起微笑：

「我欠妳一次旅行。」

※　　※　　※

路新薔在街上並沒有引起多少人注意，對於一年前在芭雅島消失的那個女孩，除了相關人士之外，大家只當她是名普通的遊客。

小蔡是這事件中感觸最深的人，他對她再也無法割捨。

從她莫名其妙的占據他的心，他就深深的為她著迷，情濤一掀為千萬丈，串連了時空。

「我可不可以駕駛馬車看看？」路新薔坐在顛簸的馬車上，看本墨在車前駕駛的有趣，也忍不住試試看，向小蔡問道。

小蔡拜託了原本在幫遊客服務的本墨，請他載路新薔玩個一天，熱情的本墨二話不說的就答應了，義務幫忙不收費。

面對她的嬌顏，小蔡不忍拒絕，而且對他來說，駕駛馬車並沒什麼困難，他之前當導遊時，也曾經為遊客服務過。

第六章

「我說說看。」

路新蕾見小蔡和本墨說了幾句，小蔡回過頭向她含笑道：

「沒問題！」

路新蕾一喜，馬車在路旁停了下來後，本墨晉升為座上嘉賓，而路新蕾和小蔡則坐在前頭充當馬伕。

路新蕾坐在簡陋的椅子上，搖搖晃晃，覺得隨時都會跌下去似的，不過旁邊有小蔡，所以她很放心的抓起轀繩，拿著馬鞭，朝馬兒有模有樣的打了下去——

「呀！」她吆喝。

本墨還沒坐穩，就因路新蕾打得太大力，馬兒吃痛，朝前奔去，使得他跌倒在車廂裡。

「哎喲！」

「本墨？」小蔡心驚得回過頭看他。

「別管我，你看她！」本墨驚恐的指著前方。

小蔡猛一回頭，發現路新蕾正因為馬兒狂奔而不知如何是好，讓馬兒奮不顧身的勇往直前，前面就是一個十字路口，來來往往的都是人，而一輛車子正從右前方開了過來——

「叭！叭！」

「啊！」

尖叫聲此起彼落，小蔡見狀況不妙，接過路新蕾手上的韁繩猛的一拉！

馬兒在訓練有素的雙手下一拉，在路口停了下來。

這裡可比不上臺灣，縱然在路上，車子仍保持著低速，所以在大禍釀成之前還來得及挽救，不過在車子從他們面前駛過時，路新蕾還是可以見到車內的人一臉嫌惡的看著他們。

她尷尬的低著頭道：

「對不起。」

「沒關係，沒事就好。」小蔡將馬車駛到了路旁。

第六章

本墨心有餘悸，這馬車可是他吃飯的工具呢！要是馬兒或是車子有損壞的話，他可就難熬了。

「小姐，還是我來駕駛吧！」本墨用生硬的英語向她說道，要是他的英語和小蔡一樣流利的話，也就用不著勞力啦！

「對不起，我不是故意的。」路新薔訕訕的向他道歉。

「沒關係、沒關係。」

在一陣道歉聲中，路新薔又回到了後座，她還是乖乖的當她的客人吧！一年前她很多東西沒有玩到，就莫名其妙被捲入時空裂痕，現在像補償似的，她要大玩特玩。

小蔡回到她的身邊，這次他可是她的私人導遊。

路新薔不好意思的道：

「本墨沒關係吧？」

「他不會介意的。」

「我不是故意的，我看他駕馬車那麼簡單，以為很容易。」她摸摸鼻子，原來簡單後面是熟練啊！

「本墨不會那麼小心眼的，妳放心。」

「嗯。」

跟小蔡在一起的都是好人，她雖然遇到那麼多事，但還是有不少人在幫她，她感到自己很幸運。

小蔡抓著她的手臂，將她往自己胸口帶。

路新薔原本想拒絕，但唯一認得他們的人背對著他們，而路上的當地民眾或是遊客，根本沒人將注意力往他們身上擺，這麼一想，她也就放下心，讓自己依在他的身上。

她還是好好的當遊客吧！別再惹麻煩了。

慵懶而迷人的氣氛散播在空中，空氣有些熾熱，讓體內的細胞因高溫而跳躍，心情處於高昂喜樂。

偷偷的將他的掌心放於唇上，小蔡俯下身飽含驚喜的望著她，路新薔咯咯笑了起來。

本墨聽到後面情人間的笑聲，禁不住好奇的回過頭一望。

什麼事都沒有嘛！平白無故的，兩個人笑那麼開心做什麼？算了、算了，他只是個馬伕，管人家後面在做什麼？。

風尾捲住了雲端，蒼穹無窮的變幻讓人既目眩又神迷……

※　※　※

沉浸於幸福中的路新薔忘了存活下來的消息已讓臺灣的親友知道，她仍陷於與小蔡的愛情之間無法自拔。

不僅是他失而復得，她亦是如此啊！

一直以為他已經從她生命中走出，沒料到卻能夠和他復合，儘管遇到奇異的經歷，仍使她心甘情願。

她幸福的與他相處、與他生活，以為時間停住了。

她的滿心愉悅在接到電話時，倏然變了質，在小蔡將電話遞給她時，她還在疑惑怎麼會有人找她？

「新蕾，妳怎麼不打電話過來？」蘇珮茹的口氣透露出焦急。

「珮茹？」

「妳不跟我聯絡，我怎麼知道妳什麼時候回來？我以為妳會再打來，妳到底怎麼回事？」

一時間，路新蕾從快樂的情境掉入現實，她想起還有朋友、還有家人，他們都在臺灣。

「對不起。」

「都隔這麼久了，我沒想到妳還在，沒有留下小蔡的電話，只好找慧慧重新問過，好險她還有留著，所以才晚了幾天打給妳。」

拿著話筒，她問道：

「我爸媽他們怎麼樣了？」

「我還不敢跟妳家人講，想把妳接回來後再告訴他們這個好消息。妳到底怎麼回

第六章

事？這一年來去哪裡了？出現了又為什麼不跟我們聯絡？妳可知道妳把我們擔心死了？」蘇珮茹的問題如連珠炮一發而出，路新薔不知道該回答哪個問題？

「珮茹，等一下。」

察覺到自己根本沒時間讓她回答，蘇珮茹訕訕的問：

「妳什麼時候要回來？我去接妳。」

「我……我還沒決定。」路新薔望著小蔡，小蔡發現她不對勁，礙於她還在通話而沒有打插。

「什麼叫還沒有決定？」蘇珮茹在那頭叫了起來：「妳失蹤了這麼久，現在出現了，還不回臺灣？」

「珮茹，我……我知道了。」

「妳到底要不要回來？」察覺到她的意願低落，蘇珮茹猜不透她的心思。

「我會回去的，只是……不可能馬上嘛！對不對？」

「這倒也是，妳的護照什麼的也要辦理，一年了，妳當初是失蹤，處理起來也比較麻煩，不過沒關係，我會想辦法幫妳的。」

面對蘇珮茹的熱情，路新蕾說不出反對的話，聊了些臺灣親友的事後，才掛上電話。

「怎麼了？」小蔡詢問著。

路新蕾抬起頭來，晶燦的眼眸如今顯得曚矓，他察覺到她的心思，心也晃了起來。

他有種不好的預感，果然，她開口了：

「我得回臺灣。」

陰霾倏然籠罩心頭，以飛快的速度趨走了光明，小蔡感到他的心如巨石從高空墜入海洋……

「妳要回去？」

「我的家人、朋友都在那，我既然沒死，就得回去。」

「妳要回去。」這次是陳述，而非詢問，小蔡靜靜的望著她。

第六章

「我喜歡在這裡，我也想跟你在一起，可是我爸媽，還有珮茹、慧慧、秀芳他們人都在臺灣，我得回去啊！」

小蔡腦袋一團亂，他沒想過會再失去她啊！

她開啟了他的心，然後離開；再度出現，然後再離開……驀然，憤怒湧了上來，她以為他的心是什麼做的？

「妳到底想怎麼樣？一直說愛我，結果呢？都不能留在我身邊？」他毫不掩飾他的口氣。

「小蔡，你怎麼能這麼說？」路新薔一臉愕然。

「妳無緣無故離開了一年，這一年裡，我想妳想得心痛，每次只要看到海洋，我就想起在海底的妳，所以我辭去了工作，不再帶遊客去海上……」他深吸了一口氣，不滿道：「現在呢？妳出現了，讓我付出所有的愛，可是……妳又要離開了。」

他說愛她，路新薔感到酸楚。

「我不是故意的。」

「妳來來去去，說走就走，我受不了，麻煩妳給我個答案好嗎？留下來，或是要走？請不要再改了！」

一次沉重的分離已經夠了，他沒信心再承受第二次。

想愛又不能愛，渴望得到之後是失落，心會疲、力會乏啊！

路新薔被他突然的憤怒嚇到了，她連忙抱住他道：

「不要這樣，小蔡，我也不想走，我最想待的地方是你身邊啊！」

「那為什麼又要離開？一次思念不夠，還要再來一次嗎？」聽到她的話，他的心軟了下來，卻掩不住受傷的神態。

知道他的痛苦，路新薔感到心都揪了起來。

「不、不，我不會讓你受那種痛苦，我知道那很難熬，但是……這次我只是回臺灣，不是在黑色漩渦裡，我們很快就能相見了。」她迎上他的眼急切的道，怕他不願接受。

「妳會回來嗎？」

第六章

「當然，這裡有你啊！」

「如果妳沒回來，我就去找妳。」他的心終於得到些許平復。只要不是黑色漩渦，什麼都擋不住他。

「嗯。」她點頭應允。

第七章

經過層層繁雜的手續，兩國之間都解釋清楚後，失蹤一年的路新薔，終於能回臺灣。

路新薔的家人全都從臺灣飛來接她，就連當初和她出國的好友也特別擠出時間來接她，如此盛情，怎能推卻？

相聚，是歡喜的，路母淚灑機場，路父在旁頻頻勸慰。

分離，是痛楚的，小蔡空洞茫然，心不在焉的接受他們的道謝，心思卻恍惚起來。

「蔡先生，謝謝你，這次要是沒有你的話，新薔真不知道該怎麼辦。」路父緊緊握住小蔡的手。

「哪裡哪裡，這是我應該做的。」

第七章

「蔡先生，恕我冒昧，我們……是不是在哪裡有見過面？」路父顯得困惑。

「我想應該沒有。」類似的問題一再出現，小蔡沒有心力去釐清，他只知道她要離開他了。

上次她走得太快，他沒有心理準備，於是傷楚擊垮了他。

這次已經先知道她要走了，他還是沒有辦法接受，但也得面對，至於自己的心情，只能視而不見。

他不喜歡分別，然而她還是回去了，回到屬於她的土地上，而他則留在這裡，等候她的消息。

日子一天一天過去，麻痹逐漸復甦，他才驚覺思念啃蝕著他的骨髓，已經將他的細胞磨光了啊！

既然她不是消失在神祕難測的黑色漩渦裡，那麼……他為什麼不能去找她？

思及至此，他迫不及待打了國際電話，找到了她。

「小蔡，是你嗎？」對方一聽到他的聲音立即叫了起來，小蔡很開心她並沒有忘了他。

「是我，妳現在好嗎？」

「我很好，你呢？」

「我也很好，妳現在在臺灣……回到妳家人朋友的身邊，他們一定很高興。」

「是啊！這裡的人一聽到我回來了，都驚訝的跑到我家來看我，每天電話、客人不斷，不過我最高興的，還是聽到你的聲音！」

小蔡感到很欣慰，這麼多日子以來，沒有她的消息，他還以為在地球這端的他已被遺忘。

「那麼……我去找妳好嗎？」

「你要過來？真的嗎？」她又驚又喜，聲音不覺的放大。

「我好想妳。」他緩緩的敘述，得到相同的回應：

「我也想你。」她的語調低了下來，小蔡還聽到她擤鼻子的聲音，她在哭嗎？

「那……等我。」

第七章

「你什麼時候要過來？」

「等我把這裡的事情交代一下，再跟妳聯絡。」他下定決心，要到她的身邊，跟隨自己的心。

「好，我等你。」

「新薔？」

「嗯？」

「我愛妳。」握著話筒，讓情意從線路傳遞過去，到達彼端的人兒心底……

※　※　※

懷著雀躍的心，不用粉妝就顯得嬌媚的路新薔望著鏡子，盡力將自己最美麗的一面展現出來，開心的踏出家門。

在經過數次的通話後，她終於盼到他的到來了。

路新薔快樂的在玄關穿上紅色新鞋，襯得她身上紫洋裝格外明亮，人像要飛起來似的。

「小薔，要出門了啊？」在失而復得後，路母對女兒更加珍惜。

「是啊！」

「出去要早一點回來，別在外面逗留太久。」

「好了，老伴，小薔是要去接那個叫什麼……小蔡的人，人家在找到小薔後那麼盡心照顧她，小薔也該報答一下人家。」路父成天聽路新薔叫小蔡、小蔡的，對於小蔡的全名比較模糊。

瞧小薔的模樣，路父察覺女兒對那個男人有不同的情愫。

孩子畢竟大了，又受人家恩惠，小蔡雖然不是臺灣人，但語言毫無障礙，聽說小蔡曾經當過導遊，精通多國語言，再說他見到那男人，便有莫名的好感，對於新薔結交這個朋友也未加干涉。

想著想著，路父沉思了起來。

「媽，妳放心，有我跟小薔出去，不會有事的。」路新堯手裡拿著車鑰匙，準備跟妹妹出門。

第七章

每個人的心態幾乎都相同，對路新薔百般疼愛，以彌補失去她的時光。

路新薔回來後，對那一年並沒什麼交代，眾人只知道她失去了記憶，如今她回來了，也不逼迫她非得交代清楚。

「小心點啊！」路母在兄妹兩人上了車後，還不斷囑咐著。

「知道了。」

車子駛上高速公路，往桃園機場出發，路新薔不斷的看著手錶，望著天空。

「這麼緊張？又不是要去會情郎！」路新堯逗她。

「不行嗎？」她在路新堯追問下去之前，拿出手機打給蘇珮茹……

「喂？珮茹啊！我已經出發了，妳什麼時候到？」

「我再半小時就到了，慧慧和秀芳都在我車上，到時我們在那邊會合？」

「到時我們再通話聯絡好了。」

「沒問題。」

掛了電話，路新薔看著外面的風景，思緒飄緲起來，就要相見了，她該以什麼姿態迎接，才能表露她的思念呢？尤其旁邊那麼多人在看……她的嘴角不禁浮起淡淡的微笑，芳心雀躍不已。

難以計數的車子駛在寬廣的高速公路上，遼闊的天空劃過長長一道飛機掃過的雲尾。

※　　※　　※

置身於高度一千八百英尺，連心都被風吹得鼓鼓的。

小蔡滿心歡喜的望著窗外，只要穿過這些雲層，他就可以看到路新蕾了，她的笑容，像是灑落在雲邊上的金光，眩惑了他的眼、他的心。

多麼美麗的蒼穹啊！

輕柔的藍色和白色交織成如天堂般的聖潔，而他置於其中。

只要有她的地方，景色都特別明亮，幸福滿滿的貫穿於心，就怕溢了出來，把握不住啊！

飛行還要兩個小時才會到達臺灣，小蔡站了起來，向洗手間走去。

第七章

機身忽然上下搖擺了起來，小蔡趕緊抓住旁邊的椅子才站穩身體，他正在疑惑之際，隨即傳來廣播：

「各位乘客您好，請坐在位子上切勿走動，由於前面氣流不穩定，請大家繫好安全帶，以免造成意外……」

乘務員甜美的聲音才剛說完，整個機身就劇烈的搖動起來。

「啊！」

「怎麼會這樣？」

飛機遇到亂流是常有的事，只要保持鎮定，操控得宜，都會安然無事。小蔡因職業的關係很常到處飛，對這點並不在意。

他疑惑的是，晴朗的明空有了奇詭的變化……

除了白雲，藍水晶似的天空逐漸被白色侵蝕，整個飛機外面是劇烈的白光，白光透過窗戶透了進來，像有爪子似的，朝每名乘客伸去！

「這是什麼？」

「救命啊！不要啊！」

「啊！」

小蔡見這異樣，也不禁愕然了，恐怖的是他們處於高空中，無法逃脫，只能眼睜睜看著白光侵蝕他們，他還來不及有所反應，晃動的機身一顛簸，他人往後跌去，後腦一陣劇痛。

「轟隆！」

白光吞噬了所有，到最後，他什麼也看不清……

※　※　※

「先生、先生……」

小蔡聽到有人在他面前呼喚，他張開了眼睛，發現周遭有不少人在看他，而叫喚他的是一名乘務員。

「先生，你還好吧？」

小蔡坐了起來，摸著後腦勺，虛弱的問道：

第七章

「發生了什麼事？」

「剛剛有亂流，您沒有坐在位子上，跌倒暈了過去。您現在感覺還好嗎？」乘務員將他扶起，他感激的朝對方笑了一笑。

「我很好，我沒事。」

小蔡回到位子上坐了下來，發現身旁坐著一名男人，可是他記得上飛機之前，旁邊並沒有人坐著的啊？

算了，想這麼多做什麼，他疑惑的是剛剛那是什麼？是他的錯覺嗎？白光裹住機身，裡面的人全部看不清楚……一想到這裡，小蔡雞皮疙瘩就起來了。

不過看現在平和安詳，乘務員還在發點心呢！哪有剛才的動亂？想必是他在撞到之後的錯覺了。

在椅子上坐好，他繫上安全帶，不想再出任何意外了。

※　※　※

飛機啟動底軸，放下輪子，從高空登陸地面。

乘客一一入境，小蔡跟著他們，進入桃園國際機場，對眼前所見嘆為觀止，現代化的建築像巨大的黑洞容納數以千計的人數，而他僅是其中一員。

這麼多人，他能找到路新薔嗎？

說好要來接機的，就連蘇珮茹等幾個女孩也要來，打擾他們的相聚……喔！話不能這麼說，他們可是熱情的要來接他，他怎麼可以這麼想呢？

只是那麼久沒見，他好想一見面就將她摟入懷中。

新薔啊……他不自覺哼起歌來，愉快的踏入臺灣領土。

她來了，還有她的朋友們，她們站在出境的通道外等候，在人群眾多之中，她們的聲音衝不破，只好拚命用手揮舞著。

小蔡眼中只有路新薔，她笑容燦爛、神采飛揚，多像在花間飛舞的精靈啊！

心頭滿是急欲宣洩的思念，他好想將她摟進懷中，而她向他衝了過來，他滿心狂喜，伸出手要迎接她……

「敬宇！你回來啦！」

第七章

小蔡愕然的看著她被他身後迎上去的男人擁住，而那男人正是在飛機上坐在他旁邊的人。

他難以置信的站在那裡，眼怔怔看著路新薔和另外一個男人抱著。

他們盡情擁抱，旁若無人，臉上都盈滿笑意，男孩摟著她從他身邊走過。

小蔡感到血液冰涼，外面陽光很大，在建築物內卻絲毫感受不到溫暖。

這是怎麼回事？她怎麼與別的男人就這樣從他身邊走過，毫不注意呢？

「新薔！」他忍不住喊了出來。

路新薔一愣，挽著沈敬宇的手沒有放開，她轉過身，疑惑的看著眼前皮膚黝黑的男子，有著好看的臉蛋和濃黑的眉毛，她卻對這張臉沒有印象。

「先生，你……叫我嗎？」

「妳叫我什麼？」他錯愕的看著她，覺得她既生疏又遙遠。

「叫你？我沒有叫你啊！我又不認識你，叫的人是你吧？」

轟！

他整個人僵在原地，小蔡不敢置信的看著她，憤怒湧了上來。

「妳怎麼會不認識我？我是小蔡呀！」

路新薔疑惑的皺著眉，沈敬宇也問了：

「新薔，他是誰？」

「我不知道，我根本不認識他呀！」

小蔡不可思議的望著她。

「新薔，妳在說什麼？妳不認識我？」

「我本來就不認識你……」路新薔話才說完，蘇珮茹就跑到她旁邊，興奮的催促著：

「新薔，妳在幹嘛？還在這裡跟敬宇甜甜蜜蜜？走了啦！」

「這個人好奇怪，我不認識他，他認識我耶！」路新薔指著小蔡，雙眼充滿疑惑，就是找不出一點熟悉的痕跡。

「珮茹，新薔說她不認識我，這怎麼可能？」小蔡抗議著。

第七章

「你你你……你是誰？我不認識你，你怎麼知道我的名字？」蘇珮茹一聽到小蔡叫她的名字時驚駭不已。

「我不只認識妳，我還認識慧慧和秀芳，妳們到底是怎麼回事？」

幾個女孩子面面相覷，錯愕的表情是騙不了人的。

「新蕾，他到底是誰？」沈敬宇摟住不安的路新蕾。

「我不知道他是誰，可是他怎麼會認識我們？好奇怪喔！」她不寒而慄，說著便扯了下他的衣服。「不要管他了，我們走！」路新蕾一手拉著一個，將沈敬宇和蘇珮茹帶走。

她竟然不認識他？這怎麼可能？小蔡看著她拉住別的男人的手，一股怒火從胸口蔓延，他上前抓住了路新蕾的手臂。

「等一下！」

「你放開我啦！」路新蕾被他嚇得叫了起來，連忙躲到沈敬宇身後尋求保護。

「先生，請你住手，她是我的女朋友。」沈敬宇忍無可忍。

女朋友？

他幾乎透不過氣，小蔡愣愣的看著他們，祝慧慧和鍾秀芳都聚集過來，卻沒有一個人的眼神是熟悉的。

「新薔，怎麼了？」祝慧慧問道。

「遇到怪人了。」她流露出恐懼。

「新薔？」小蔡在看到她躲避的舉動時，喊了起來：「妳忘了我嗎？我是小蔡啊！在蘭卡威的那幾天……」

「什麼蘭卡威？蘭卡威在哪？」路新薔莫名其妙的看向大家。

「蘭卡威在馬來西亞，我這次去的地方是吉隆坡，離蘭卡威不遠。」沈敬宇解釋著，對小蔡流露出敵意。「先生，如果你再不離開，我就要報警了。」

「新薔？」他仍在掙扎。

看到他受傷的眼神，路新薔心頭一驚，莫名的罪惡感籠罩住她。

「對不起。」她吶吶的吐出。

第七章

「新蕾，妳跟他對不起幹什麼？」沈敬宇相當不快。

「唔……我……」他受傷的神情讓她無法忍受。

「別說了，走吧！」

怕她一走就來不及了，小蔡攔住了他們，急切的道：「新蕾，妳再想想我是誰？我是小蔡，蔡偉倫呀！」他轉向其他女孩子們。「妳們應該也記得我，就算過了一年，也沒這麼容易忘記，當初妳們到蘭卡威時，是我帶妳們出去玩的。」

幾個女孩子面面相覷，鍾秀芳叫了起來：「我們根本沒出過國，你是誰呀？」

小蔡驚疑的看著他們，覺得有哪個環節出了錯，而且還很嚴重，想要導正卻又無從下手。

沈敬宇對這男子感到敵意，眼前的這男子太詭異，而他又是針對路新蕾，想到如此，他就不能安心。

「別理他是誰，我們趕快走。」

「新蕾，別走！」

「放開她！」沈敬宇惡狠狠的瞪著小蔡，怕路新蕾被搶走。

「我要跟她說清楚！」

「她說不認識你就是不認識你，你不要再死纏爛打！」沈敬宇說完，便急著拉路新蕾離開。

小蔡知道再下去對自己無益，但是他不甘心啊！

她口口聲聲說不認識自己，就連她周遭的朋友也是，這是她們的玩笑嗎？太過分了！

「新蕾！」他大吼。

一群人出了機場大門，迅速坐上計程車，把小蔡遠遠拋在後頭。

機場外面豔陽高照，剛從冷颼颼的室內一下跑到外面，小蔡有點暈眩，眼睜睜的看著他們離去。

「來不及了、來不及了！」一個女孩邊跑邊嚷。

第七章

「早就跟妳講十點半的飛機要來接人，妳還拖拖拉拉，現在都十一點了，人都走光了，外婆一定急死了！」她身邊的男孩抱怨著。

兩人邊說邊從他的身邊經過，小蔡不予以理會，神智卻突然清醒——

他的飛機抵達臺灣時，應該是當地時間下午兩點二十分，即使因為出關延誤些時間，也不可能拖得太久。

但是……剛剛那兩個人講什麼？十一點？怎麼可能？

寒意像蟲蛇從他的血管滑過，他渾身顫慄，抬起左手腕的手錶察看時間，錶面有所損傷，長、短針也壞了。

不對……時間不對勁……

小蔡攔住一名路人，客氣的詢問：

「請問一下，我的手錶壞掉了，你可以告訴我時間嗎？」

對方抬起拿著報紙的左手，看了一下後回答：

「現在十一點五分。」卻在抬頭見到小蔡的臉色發白後嚇了一跳。「你怎麼了？」

小蔡不由分說的從他手上搶下報紙，對上面的時間感到驚愕不已。

他常看報紙，中文報紙和英文報紙對他來說都是家常便飯，他也明白報紙上日期所代表的意思，就像中華民國八十三年，換算成西元的話，是一九九四年！

一九九四年……

他的血液為之凍結，他的意識僵滯了……

他的時間不但沒有前進，反而倒退了，回到了過去，回到還沒有跟路新蕾相遇的時候！

難怪她看他時，露出不解的神情，這個時空，他們根本沒有相遇啊！

他啞然、他無語，感到天在旋、地在轉……

她的身影一寸寸的消逝、一寸寸的離去，他和她之間的情愛掉入時間的裂縫，化成虛無，前所未有的孤寂與慌亂襲了上來，將他吸入絕望的黑洞，他失去了自己和她……

※　　※　　※

第七章

西元一九九四年

「今天機場那個男人是誰?」沈敬宇在和路新薔兩人離開蘇珮茹等人後,終於將悶在心中的問題問了出來。

「我不認識他啊!」

「不認識?不認識他怎麼會知道妳的名字?」沈敬宇目光銳利,想知道路新薔有沒有在欺騙他?

「我真的不認識他,敬宇,你想太多了。」察覺到他的不悅,路新薔安撫道。

「我如果不想多一點,萬一哪一天妳身邊出現別的男人時,我該怎麼辦?」沈敬宇惱怒的道,對無緣無故出現的男人感到不滿。

「我說了我不認識那個人。你一直提起,到底什麼意思?」路新薔也不開心起來。

「我不在國內的這段日子裡,有沒有跟別的男人交往?」

路新薔不可置信的望著他。

「沈敬宇,你這是什麼意思?」

「我要看妳有沒有背叛我！」沈敬宇將她推到牆上，一反他平常溫文的模樣。

路新薔嚇了一跳，沈敬宇怎麼會變成這樣？

他追她的時候，既溫柔又體貼，事事小心謹慎，凡事怕她動怒，而現在她接受了他，成為他的女朋友，他怎麼變了？

莫名的慌亂湧上心頭，她不安地看向沈敬宇。

「敬宇，你別這樣嘛！」

「說，他是誰？」

「我真的不認識他。」

「還說謊？我最討厭人家騙我了！那個人不只認識妳，還認識珮茹她們，是不是我出國這段期間，妳交了其他的男友，然後和她們聯合起來騙我？」沈敬宇發狂似的怒吼。

「我沒有！」路新薔委屈大喊。

「妳到底說還是不說？」

第七章

「我說沒有就是沒有，你這樣逼問有什麼用！」她不服的跟沈敬宇大小聲了起來。

第八章

啪！

當場摑得她眼冒金星，路新蕾捂著發燙的左臉，不敢相信的望著沈敬宇，他竟然動手打她！

他不是她最信賴的人嗎？如今竟然為了這麼一點小事就打她？

藏在細框眼鏡後面的那雙眼睛，此時她只覺得恐怖莫名。

「敬宇……」

發現自己過於粗暴，沈敬宇也是愣了下，片刻後，他靠向路新蕾，裝作什麼事都沒有發生。

「新蕾，妳要知道我愛妳呀！所以，妳絕對不可以背叛我，知不知道？」

路新蕾根本不敢回答，怕說錯話，又會遭到他的毒打。

第八章

見她不語，沈敬宇氣惱了，他用力抓起路新蕾的手腕。

「聽到了沒？」

「聽……聽到了。」路新蕾吃疼的叫了起來，沈敬宇才滿足的放過她，摸摸剛才被他打過的臉頰，若無其事的道：「進去敷一敷冰塊，別跟人家講發生什麼事，知道嗎？」

「知……知道。」

「好，那我走了，記住我的話。」沈敬宇這才滿意的走掉。

路新蕾看著沈敬宇的背影，心中害怕起來。

這是愛情嗎？愛情為什麼會有暴力？喜歡一個人，不是應該溫柔呵護，為什麼會讓她感到痛苦？

蹲了下來，她捧著紅腫的臉頰哭了起來。

「新蕾……」溫柔不捨的聲音響起，聽到這聲音，路新蕾的心底傳來一陣暖意，她抬起頭來，透過迷濛雙眼一看——

是那個在機場的男人！他怎麼會追到這裡來？

適才的恐懼轉為驚嚇，路新蕾跳了起來。

「你……你怎麼會在這？」

「妳為什麼哭？」

路新蕾想到自己的模樣一定很狼狽，她躲著小蔡，想挖個地洞將自己藏起來，她的臉都被丟光了！

「你走開！」

見她捂著臉頰，講話也有點不清，小蔡擔心的上前，忘了這個時空的她與他根本不熟稔，兩人之間的距離太近。

「讓我看看。」

「不要！你走開！不然我要報警了！」

小蔡抓住她的手，避免她一直揮舞，但是他並沒有傷害她的意思，只是箝制了她的行動。

第八章

「怎麼會這樣？」他心疼的低呼。

「不用你管！」

「是誰？是誰打妳？」語畢，他伸出手在她左臉頰輕撫，有別於痛楚的電觸感傳了過來。

路新蕾一怔，忘了他只是個剛認識的人，任由他摸著她的臉。

這麼輕、這麼柔，迎上他的眸子，有著濃烈的不捨與憐惜，她心神一盪，有什麼正在消融……

他只不過是個陌生人啊！她為什麼對他有……心動的感覺？這種悸動，是第一次。

害怕心頭奇異的波動，她用力將他推開。

「你到底是誰？為什麼要跟蹤我？」慘了！他連她家的住址都知道，接下來該怎麼辦？

小蔡一怔，眼簾垂了下來。

「我是來找妳的。」

「找我？」

「是啊！因為我想妳，所有我來找妳，這樣的話，我就不用忍受相思之苦了。可是……」他的眉宇有化不開的憂鬱，壓得她幾乎喘不過氣來。

那是什麼？一而再、再而三撥動她的心弦……

莫名其妙的男人、粗暴的沈敬宇，讓她既慌亂不安。

「走開！」她推開他。

「新蕾！」

「都是你，敬宇他才會……才會……」

「怎麼了？」

「走開！」

路新蕾跑回家中，將小蔡丟在後面，她以為這樣就可以解決事情了，可是……心卻狂跳個不止。

回過頭，他還在那裡，一身寂寥與孤影……

她喘息著，心還在跳個不停，適才的悸動化為波動，一陣又一陣擊打著心扉。

老天！這到底是怎麼回事？

※　　※　　※

濃厚的夜色壓得人喘不過氣，就連老天爺也特別下了一場雨，以舒解沉悶的氣氛，卻反使人窒息。

路新薔握著話筒，懶洋洋的躺在床上跟蘇珮茹講話：

「沒有啊！跟妳們分開之後，敬宇就送我回家了。」

「什麼嘛！你們那麼久沒見，我們刻意讓你們倆獨處，妳怎麼不懂得好好利用，吃完飯就回家了？」蘇珮茹大呼可惜。

「嗯。」路新薔不想說什麼。

他們在學校還會跟沈敬宇碰面，路新薔不想把事情告訴其他人，免得講出來後，以後會很難看。再者，秀氣斯文的他看起來是那麼和藹、親切，學校有多少女孩子迷戀他？一個談吐優雅、氣質出眾的男孩，誰相信他會動粗？

而另外一個人，溫柔的以實際的舉動，讓她感到好受些。

路新薔一驚，她怎麼會想到那個人呢？

黝黑的皮膚，深邃的五官，他的眼睛像是在訴說著什麼，每每被他看著，她的心頭就不能平息……

「所以說囉……新薔，妳到底有沒有在聽我說話？」說了一大堆，見她沒有反應，蘇珮茹大聲起來。

「有、有，只是現在下雨，我正在拉窗簾而已。」路新薔趕緊找個搪塞，走到窗戶邊讓雨聲證明她不是在說謊。

「喔！」

路新薔準備將窗簾拉上，卻看到樓下有一個人影，他佇立在雨中，那抹身影讓她心頭一驚。

那是誰？會是……他嗎？

第八章

路新薔試著看更清楚點，沒錯！正是那個人，他站在雨中幹什麼？這樣的天氣誰著涼都會感冒的。

她不用理他的，她連他是誰都不曉得，也不知道他的來意，但是……她看不過去，要是他生病的話怎麼辦？

「珮茹，我晚一點再打電話給妳，拜拜！」她終於下定決心。

迅速掛斷電話，路新薔拿了一把雨傘走出去，聽到轟隆隆的雷聲，刺眼的閃電劃破天際，他站在雨中，看來更為滄桑。

「你站在這裡做什麼？」路新薔將雨傘遮住落在他身上的雨水。

小蔡一怔，見路新薔站在前面，他又驚又喜。

「妳怎麼出來了？」

「我才要問你站在這裡幹什麼？雨下這麼大，你就不會撐個傘嗎？」她不快的責備。

「下雨了？」他抬起頭來。

「不會吧？雨都下了這麼久，你一點感覺都沒有？」

「我什麼都不在乎，只在乎妳……」他怔怔的看著路新蕾，這個距離既近、又遠……

路新蕾臉上一熱，不明所以。

「你在說什麼？」

「我來，就是為了找妳，可是……妳卻不認識我。」小蔡感到悲傷，淒風楚雨掀得他的心幾乎要顛覆了。

上天在開什麼玩笑？讓他和她相遇，卻又不能和她相認！

他從未來到了過去，離開屬於他的時空，就連她也都失去了……

「你到底在說什麼啊？我都聽不懂。」路新蕾覺得他話中有話。

「如果我說我愛妳，妳能明白嗎？」

血色瞬間從她的臉上褪去，路新蕾感到憤怒起來！

他把她對他好不容易才建立起來的好感全部打壞，怎麼會有人無緣無故對一個女

第八章

孩子說他愛她？

「你在胡說什麼？從你一出現，就一直在瘋言瘋語，說著令人不懂的話！還害敬宇對我產生誤會，你到底想做什麼？」路新蕾忍不住破口大罵。

「這個世界上，我只剩下妳了。」他幽幽的道。

「你當我是白癡嗎？隨隨便便就說這種話，你以為我會相信嗎？」路新蕾覺得他是瘋子。

「我說的是真話，卻沒有人聽得懂。我愛的人，卻不相信我愛她。」他什麼都沒有了，只剩下他的愛人啊！

轟隆！

閃電照得他的臉色更加蒼白，隨即而來的黑暗將他隱沒，路新蕾心頭一驚，害怕得掉頭就跑。

她跑得很快、跑得急促，而小蔡的身影，已侵入她的心房……

※　　※　　※

那個人到底是誰呀？從哪裡來？又有什麼意圖？他莫名其妙的出現，又說一些令人聽不懂的話，讓她無法安寧。

她想要逃離他，卻又覺得他就在四周，用那雙深沉的眸子看著她……

他說他愛她，可能嗎？她和他才見不到幾次面，可是腦海卻是他的身影，占據了她的思緒。

她既迷惑、又恐懼，但是他卻有一股魔力，讓她一寸寸跳入他的陷阱中……

「新薔、新薔……喂！」蘇珮茹的臉出現在她面前，把她嚇了一跳。

「幹嘛？」她撫著胸口。

「誰叫妳都沒反應，我在問妳王國維的學術思想在哪幾頁？」期末考快到了，幾個女孩子相約至外面讀書，順便整理筆記。

「在三百六十二頁到三百七十七頁。」她書可不是白讀的。

「謝啦！」

解決完蘇珮茹的問題，路新薔又沉思起來，她總覺得那個男人就在四周。

第八章

「新薔，妳到底有沒有在看書啊？」祝慧慧抬起頭看著路新薔。

「一定是昨天跟沈敬宇出去玩，還在想他對不對？」鍾秀芳曖昧的笑了起來。

「不關他的事！」路新薔突然吼了起來。

幾個女孩子被她嚇了一跳。

「新薔，怎麼啦？」蘇珮茹小心翼翼的發問。

「沒……沒事。」察覺到自己太激動，路新薔強迫自己冷靜下來，左手不由自主摸著左臉頰。

她的心，全被打碎了。

「吵架了？」鍾秀芳不會看臉色的說道。

祝慧慧趕緊撞了撞她的手肘，鍾秀芳還呼叫起來：「慧慧，妳幹嘛？」

祝慧慧和蘇珮茹瞪了她一眼，既然小倆口吵架的話，旁邊的人還是識相的不要打擾才好，以免波及到自己，這種簡單的道理鍾秀芳還不知道？

路新薔將視線移到課本上，想將不快丟到腦後，蘇珮茹的叫聲卻讓她心神再度波動起來。

「妳們看，是那個在機場的男人耶！」

路新薔迅速的轉過身，和他的眼神對上時，心開始狂跳，那不是驚嚇，也非害怕，而是……欣喜。

「他怎麼會在這？」

「對呀！好奇怪喔！」

路新薔沒空去聽她們的嘰嘰喳喳，莫名的念頭催她站了起來，跨出往外面走去。

小蔡沒想到她會出來，他看著越走越近的她，臉上有了笑意。

路新薔站到小蔡面前，也不明白為什麼一見到他，她就跑了出來，想到他面前？

事實上，她對來路不明的他有所警戒，但是卻有另外一股動力，使她向他走去……

發現自己站在他面前，她也尷尬了。

「你……你怎麼會在這？」她只好找話說。

第八章

「我想見妳。」

他好想將她擁入懷裡，感受她的溫度，但是這個時空的他，對她毫無意義呀！

想愛又不能愛，他受盡苦楚。

路新蕾一愣，臉上泛起紅暈，為了避免尷尬她又開口了。

「為什麼要見我？」

「答案妳很清楚。」

這時候再說不清楚就太假了，她閃過他熱情的眼眸。

「可是我並不認識你，在我認識的人當中，我並不記得曾見過你，你可以告訴我，我們什麼時候見過面嗎？」

「很久、很久的時候。」小蔡苦澀的牽動嘴角。

「很久？有多久？」她並不知道他的時間是向前算，而非後退。

「那不是重點，我只是想看看妳，所以我來了。」

為什麼她總覺得他避重就輕，不肯跟她說明？

對他的渴望開始提高，路新薔還想再發問的時候，蘇珮茹和祝慧慧、鍾秀芳幾個人跑了過來。

「新薔，妳在跟他說什麼？」蘇珮茹一到，就把路新薔拉開。

「喂！你到底是誰？一直纏著新薔做什麼？她已經有男朋友了，你別想動她的歪腦筋！」路新薔都還沒有回答，鍾秀芳就對小蔡喊了起來。

鍾秀芳這話聽來十分刺耳，路新薔此時真希望跟沈敬宇沒有關係。

沈敬宇雖然是她的男友，她也在努力跟他培養感情，可是他的那一巴掌把她的希望打碎了，她不希望愛情籠罩在暴力下。

而他眼底的溫柔，跟他的愛戀一樣嗎？

小蔡聽到這話，原本蒼白的臉色又更加嚴重了，他的憔悴讓她想到他前一天在大雨中任憑風吹雨打，心中不捨……

「秀芳，好了啦！」她試著將鍾秀芳拉走。

「我在警告他不要對妳做什麼事。」

第八章

「妳不要再講了。」

「新蕾，我們在為妳好耶！誰知道這個男人是什麼來歷？又死纏著妳不放，現在敬宇不在，我們當然得幫他保護妳啊！」

「不要提到他！」一提到沈敬宇，路新蕾就感到排斥。

「新蕾，妳怎麼了？」蘇珮茹見她表情不對，想要追問。

「你們都不要再說了！敬宇現在又不在，妳們說這些做什麼？妳們到底是誰的朋友？」只要想起他的那一巴掌，她就不舒服。

「新蕾，妳幹什麼？難道妳想對不起敬宇？」蘇珮茹一驚，大聲喊了起來。

「我只是拜託妳們，不要再講下去了。」她很煩、很亂，不想再從她們的口中聽到沈敬宇這個名字。

「難道妳因為這個男的，不想跟敬宇在一起了？」鍾秀芳轉了轉眼珠不悅道。

路新蕾一愣，她沒想到鍾秀芳的想像力這麼豐富，只見她此話一出，蘇珮茹和祝慧慧兩人都露出責難的表情。

「新薔，妳不會想對不起敬宇吧？」

「敬宇對妳那麼好，妳可不能對不起人家啊！」

「對啊！對啊！」

幾個女孩子你一言，我一句，路新薔摀住了耳朵，真想尖叫，她們什麼都不知道，就這樣教訓她，她忍無可忍，正想發作之際，聽到他開口了：「不關她的事。」

「是我要來找新薔的，新薔並沒有對不起誰。」路新薔驚訝的回過頭，小蔡正在替她講話。

「那你找新薔做什麼？破壞人家的感情可是很要不得的。」蘇珮茹不喜歡這個男的，太神祕了。

小蔡一怔，露出受傷的表情。

來到這個世界，他什麼都沒有了，他的家、他的朋友、他的時空……

他只剩下他的愛，所以想好好把握，但是……他似乎做錯了。

這個時空的她，有著屬於自己的生活，他來只是打擾到她，尤其是她的愛情。

第八章

見到他眸底的脆弱，牽動她心底最幽微的那根絲弦，路新薔爆發了。

「我不屬於任何人，拜託妳們不要在我身上貼上沈敬宇的標籤，我不是他的所有物！」

「新薔？」幾個女孩子錯愕的望著她。

發洩出來後，她知道無法挽救了，她們的表情充滿不諒解，但她已經不在乎了。

她是獨立的個體，有她的思想及自由，誰都不能綁住她！而在遇到小蔡後，那股極欲掙脫出沈敬宇的陰影更強烈了！

在幾個女孩子的錯愕中，路新薔消失在她們眼前了。

※　※　※

海風輕撫著海面，像挑逗似的掀起波紋，又若無其事的離開，留下它所引起的波瀾。

坐在河堤上，路新薔對著西落的太陽發呆。

她對自己的所作所為感到懊惱，她轉身就走，一定讓蘇珮茹她們以為她是為了小蔡才說出那些話，雖然其中的確有一部分為了他，但是還有她們所不知道的情況呀！

對於沈敬宇，她總覺得跟他認識這麼久，卻仍摸不清他的個性；而對一個才見沒幾次面的人，卻有著熟悉的感覺……這到底是怎麼回事？

而負氣離去的她，有如影隨形的他相陪。

對於大海，小蔡有複雜的感情。

海風像是在低喃，催眠著他的靈魂，但是蘊藏其中的奧祕，則是永遠也解不開的。

這個世界有著他所不能理解的力量，干擾了她，也將他從未來帶到過去，那麼究竟是誰愛上了誰？

不論是誰愛上誰，只知此情不渝。

他從身後環住了她，路新蕾本想抗拒，但是除了擁抱之外，他並沒有下一步的舉動，而他為她擋風的溫暖，也抱住了她的心。

「你到底是從哪裡來的？」她發問。

第八章

「那不是重點。」他微怔，淡淡的道。

「那重點是什麼？」

「我想來見妳。」

「可是我從來不認識你，你卻能夠輕易的叫出我的名字？不可能我跟珮茹她們對你都沒有印象啊！」她困惑極了。

「會的，以後會有的。」

路新薔轉過身來，想問更詳細些，而在迎上他的眸子時，心撲通撲通的狂跳了起來……

為什麼每次見到他，她的心總是不受控制呢？

「為什麼你都說得好模糊，是不是有什麼隱情？」

她的細心讓他訝異，替她撫過吹亂的頭髮，她就在他面前，臉蛋是那麼嬌豔、雙唇鮮紅欲滴，他們曾經……

似乎能夠察覺到他的心意，路新薔臉頰熱燙不已，從他的懷抱退去。

「不要走！」他拉住她。

「我……」

「為什麼？為什麼我不能好好愛妳？為什麼會有這種際遇？這到底是玩笑、還是折磨，我不喜歡這種安排！」他緊緊摟住她，怕海風一吹，她就消失在空氣裡。

「你在幹什麼？」他的舉動令她害怕起來。

「我只是想愛妳，想要跟妳在一起，為什麼這點要求老天都不允許？為什麼要這樣對我？」他得到她了，他不想她再從他的懷中離開，空間、時間都遠離啊！他只需要一片僅存兩人的小天地。

「放開我，你要做什麼？」她又捶又打。

「我想愛妳。」

「不要再說了。」她捂住耳朵，他的話令她害怕……又喜悅？她害怕這種奇怪的感覺。

「讓我說，我愛妳。」他拿下她的手，讓他的聲音傳入她的耳裡。

第八章

「你……」

小蔡將他的唇吻上了她的，她的氣息是這般清幽、她的甘露是這般芳香，她的一切都讓他心碎……到底是誰在跟他開玩笑？讓他沒有辦法在正常的時空，愛他的愛人？

路新蕾張大了眼，想將他推開，卻又迷戀他的滋味。

這是什麼……充滿雀躍的顫慄，電流般的酥麻衝擊著她的全身，他的舌在她的唇瓣間滑行，想要找個縫隙伸進去，她緊閉雙唇，為要不要敞開而猶豫。

如果能夠將她揉入他的體內，那就無法分開了，他緊緊摟住，不讓一點空氣趁虛而入。

對他的激情除去最初的恐慌與澀然後，她其實並不排斥他。

「唔……」

想要表示些什麼，卻在不注意之中，讓他滑入她的口中，於柔澤甜膩之中游移。

他愛她？他愛她啊……她深深的因他迷惑起來。

既然她都能夠戀上迷般的他，那又何必詢問他對她的情意從何而來？既然他給不出答案，她也為自己的心找到了個理由。

愛情……哪來的道理可言？

情意如波濤淹沒了她，她深陷於其中，拉著他一起耽溺……

第八章

第九章

「告訴我你從哪裡來？」

「這個問題對妳很重要嗎？」

「是的。」

「如果我沒有辦法回答呢？」

「你……」

對一個她完全不認識，摸不著來歷的人，她為什麼毫無保留的付出感情？只因為他撼動了她的心扉？

「我來，是因為妳在這裡，如果妳不存在的話，我不知道我能夠到哪裡去。」如果這個時空中沒有她，他可能發狂了。

她感動了，陷在他的情網中。

第九章

愛上一個人，是這麼容易嗎？她可以不在乎他的來歷、他的身世，純粹只愛他，而非其他的附加價值。

像是夢裡迴旋，幸福衝擊著她，震得她不敢置信。

多少人一生尋尋覓覓，才能找到屬於自己的所愛，而她何其幸運，他來到她的面前。

「為什麼會愛上我？」她想知道。

他望著她，眸中好溫柔，但是路新薔卻看到那方世界有痛楚？既然有愛，為什麼還會痛苦？

「就像妳為什麼會愛上我一樣。」

「胡說！」嫣紅染上了她的臉。

「是真的。」

「這是什麼？」刻意避開話題，路新薔抬起他的右手，那上面有道利刃劃過的傷痕。

「這是我小時候貪玩，被鐮刀劃傷的。」他憶起在RESORT HOTEL的事。

「很痛吧？」即使傷痕已癒，仍是看得她怵目驚心。

「新薔！」

一聲怒吼比傷痕更令她驚駭，她望見沈敬宇跑了過來，將她從瑰麗的夢境中打醒。

「你怎麼來了？」

「我就跟在你們後面，看著妳跟這個男人走掉，看著妳跟他接吻，看著妳對不起我。新薔，妳到底在幹嘛？」

不僅沈敬宇，她的朋友們都來了。幾個人看到剛才的狀況，都不敢講話。

路新薔不是和沈敬宇交往得好好的嗎？兩個人之間也沒發生什麼事，本來還以為童話可以發生在他們身上，從些王子跟公主就過著幸福快樂的日子，沒想到現實仍是殘酷的。

對於周遭所投以驚訝的眼光，路新薔只能當作沒有一回事，她身上貼的標籤該撕

第九章

下來了，破點皮流點血是必然的。

沈敬宇想要上前抓住路新薔，她卻退後了一步。

「新薔？」沈敬宇憤怒的看著他們，眼中有熊熊烈火。

「就是你看到的那樣。」

沈敬宇倒吸一口冷氣，她的態度太鎮定，像是下了極大的決定。

「你背叛我？」他怒吼。

「這一點我很抱歉，可是……我沒辦法違背自己的心意。」她緊挨著小蔡，對沈敬宇既害怕又愧疚。

「那我呢？」

「敬宇，別說了。」路新薔又煩又亂。

沈敬宇想要奪回路新薔，小蔡卻阻止了他。

「你想要做什麼？」沈敬宇怒視著他。

「新薔並不想見到你。」小蔡冷冷的道，在未來，她是深深愛著他，那麼這男人便不能在過去的時間搶走新蕾。

他們的情形就如同這時空之謎，複雜難解。

「輪不到你來決定！」沈敬宇怎麼可能聽得下去。「胡說八道，新蕾愛的是我！對不對，新蕾？」沈敬宇急著向路新蕾要答案，卻在看到她眼神的時候愣住了。

她躲在小蔡身後，一雙驚恐的眼眸直視著他，沒有愛戀、沒有情意，剩下的是排斥、抗拒。

「新蕾？」

「不要說了！」

「妳怎麼可以這樣子？我那麼愛妳，妳竟然背叛我？妳說，妳到底把我當什麼？」

「對啊！新蕾，妳太過分了。」他的癡情令蘇珮茹動容，忍不住為沈敬宇抱屈。

「敬宇並沒有做任何對不起妳的事，妳這樣簡直就是忘恩負義嘛！」鍾秀芳也參上一腳。

第九章

路新蕾聽著朋友們這般數落，望向溫柔的祝慧慧時，她並沒有說什麼，但是她的眼神含著責備。

路新蕾揪著胸口，難以呼吸。

她犯了什麼滔天大罪？連她最親近的朋友都怪罪她？難道愛一個人之前，就不能有迷惑的情障嗎？

「她並沒有錯，這是她的決定，沒有人能為她的決定下定論。」不忍見她如此，小蔡開口為她釐清。

「你算哪根蔥啊！」蘇珮茹吼了起來：「新蕾跟敬宇本來就是一對，你這不知從哪出現的野男人，想把新蕾拐走？」

「把她還給我！」沈敬宇衝動的想要上前，小蔡沒讓他得逞。

「住手！」

「放開我，我要新蕾！」

「你何不讓她決定？」

「新薔！」

路新薔看著沈敬宇因過度激動而扭曲的臉，像他當初動手打她時，所露出的猙獰，她瑟縮的退了一步。

「小蔡……」她急欲尋求保護。

小蔡放開了沈敬宇，回到她身邊。

這個時空中，他的存在因她而產生意義，是否能回到原有的世界仍是個問題，所以他的重點都在她身上。

他是追隨她而來的啊！縱使時空有異。

「我在這。」

沈敬宇只能眼睜睜看著小蔡抱著路新薔，而他什麼都做不了。

路新薔知道她的朋友們不滿她的所作所為，她的心事……她們能夠了解嗎？事情怎麼會變成這樣？

海風捲起浪潮，拍打著岩岸激起高高的浪花，所夾帶的寒意，貫穿了凝結的氣氛。

※　　※　　※

第九章

一下課，蘇珮茹便匆匆離開教室，對路新薔渴望與她交集的眼光視若未睹，甚至拉了鍾秀芳一起離開。

「珮茹？」

蘇珮茹的身體一頓，除此之外，沒有其他的反應，離開了。

路新薔感到狼狽，她試著挽回友情，才剛呼喚：「慧慧……」

「對不起，我還有事，我先走了。」祝慧慧迅速拿起書本，爾後便不再言語，向教室外的蘇珮茹、鍾秀芳走去。

三個女孩子走在一起，不再是四人行了。

路新薔默默的收好自己的東西，慢慢的走出門口，對校園裡的喧嘩置若罔聞，心中的遺憾怎麼也補不起來。

與沈敬宇的決裂，她並不難過，只是周遭的人對這件事無法諒解，尤其是珮茹她們……

她做錯了嗎？順著自己的心意不對嗎？

「新蕾。」

溫暖的聲音自身後傳了過來，她的嘴角不由得泛起微笑，轉過身向來人大步踏去。

「小蔡。」她投入他的懷中。

「怎麼了？」他察覺到她的不開心。

「沒什麼。」

「真的沒什麼嗎？」他抬起她的臉，看著她凝蹙的眉尖。

「珮茹她們……不理我。我只不過沒有選擇沈敬宇，為什麼會變成這樣……」躲過他關懷的眼神，她幽幽的道。

「是我的介入……」

「不、不是！」她分辯。「今天任何一個男人都有可能介入我和敬宇之間，只是我愛上的是你，所以不關你的事。珮茹她們這樣我覺得很遺撼，我真的很想保有原來的友情。」

「抱歉讓妳受委屈了。」儘管想好好愛她，但見她眼中的苦楚仍讓他不忍。

「我沒關係，只要你在我身邊，你會回到你原來的地方嗎？」他一直說他是從哪裡來？她會害怕他的離去。

「那不是我能決定的。」小蔡淒楚的道。

「嗯？」路新蕾不解的望著他。

「別談了！」他的眼眸一斂，避開了話題。

「為什麼不能談？你有什麼苦衷嗎？告訴我，或許我們可以一起想辦法。」

「有妳這番話就夠了。」他開心的笑了。

「那就告訴我。」

「我不要妳為我煩惱，如果我能夠回去的話，我自然會回去，如果不能回去的話，我就留在這裡陪妳。」

「真的?」她露出笑容。

「當然。」

路新蕾看見沈敬宇朝他們走過來，微微一愣，想要走時，已經來不及了。

「好啊!竟然到這裡來了?」他站在他們面前，譏諷的道。

「我們走。」路新蕾拉著小蔡要走，卻被沈敬宇攔住。

「走那麼快幹什麼?」

「沈敬宇，你想做什麼?」路新蕾怒斥。

沈敬宇臉笑肉不笑。

「怎麼?連說個話都不行嗎?」

小蔡說話了:「如果你有話想說的話請快說，不然我們要先離開了。」

「你是什麼人，竟然敢指使我?」沈敬宇的笑臉垮了下來，陰沉的道:「我讓你跟新蕾在一起，可不表示我答應讓你們在一起。新蕾是我的人，我不會讓她永遠待在你身邊的。」

第九章

路新薔聽不下去了，彷彿她是他的所有物，這樣霸道又無禮的人，當初她怎麼會答應他的追求？

在和小蔡相處之後，她才知道男女間的情愛也可以平等，而沈敬宇單方面的主導只是一種方式，而她選擇了前者。

說不出粗話，路新薔拉著小蔡冷冷的道：「我們要走了。」

「新薔，妳到底回不回到我身邊？」沈敬宇做著最後的掙扎。

路新薔沒有回答，她淡淡的看了他一眼，小蔡跟在她的身邊，兩人一起從沈敬宇的眼前消失。

※　　※　　※

他的人就這樣被奪走，沈敬宇相當不甘心。

從小到大，他想要的東西，沒有一樣得不到手的。課業、社團、成就，都在他的掌握之中，包括路新薔。

沈敬宇雙手緊抓著方向盤，跟在那一對狗男女身後，眼神幾乎可以刺穿玻璃窗了。

都是那個男的！他一出現，什麼都不對了。

那個來歷不明的男人，輕易的從他手中奪走路新蕾，讓他的自尊心受到極大的打擊，這筆帳，他要討回來！

踩下油門，他的車子向前奔去！

沈敬宇的目標不是馬路，而是那個男人，和路新蕾相愛的男人，如果沒有他的話，新蕾就不會移情別戀；如果沒有他的話，新蕾就不會離開他了；如果沒有他的話，那麼多年來的優越便不會有了敗筆……

他要將他人生的障礙物除掉！

車子如同火箭似的向前發射，他的情敵就在眼前，沈敬宇嘴角露出微笑，聽著他的軀體撞擊在車身的聲音，好悅耳哪……

不、不對！

沈敬宇驚慌失措的看著眼前落下來的軀體，是他碰過的、抱過的柔軟軀體，長髮

第九章

飄散在空中，像塊破布似的掉了下來……

「新蕾！」

這個名字貫穿了他的腦袋，沈敬宇清醒了過來！

他看著小蔡衝上前，看到躺臥在血泊中的是他的女人，看清楚他做了什麼事，他害怕起來。

他殺人了，他的手上沾滿血腥，而那是他所愛的人哪……

在明瞭做了什麼事情之後，沈敬宇下意識的倒車，迅速的駛離現場，逃離他不敢面對的後果……

「新蕾……新蕾……」小蔡不敢亂動路新蕾，在她身邊蹲了下來。

路新蕾躺臥在血泊之中，她的臉色慘白，雙眼緊閉，身體軟綿綿的，像揉碎的花朵，滲出鮮豔的汁液……

四周逐漸靠攏人群，遮住了他的天，小蔡只敢撫著她的臉呼喚：「新蕾，醒來，不可以閉上眼睛，醒來！」

路新蕾依舊沒有回答，她靜靜的躺在地上，四周的喧嘩對她沒有影響，她在自己的世界。

害怕就此失去她、害怕她無法在未來的日子與他相會、害怕失去了她後，便無法到未來與他碰面，共譜這場愛戀……

「不——」

※　※　※

接下來的時間像是壓縮，小蔡記不得細節，只知道有很多人來、很多人走，像是電影畫面，紛擾，卻沒有聲音。

他的思緒完全停頓，注意力全在路新蕾身上。

他只看得到她的人，只注意到她的變化，但是人來人往中，唯一沒有動靜的就是她……

看到她倒在血泊當中，剎那間，他的呼吸像是要停止了。

前一刻還在他眼前，下一秒，就變了樣，將他的心從溫暖的赤道帶到冰冷的南極，凍得他直發抖。

救救她，他已經失去她一次了，不要再一次……

「先生、先生，你是她的朋友嗎？」穿著白衣的護理師見他沒有回答，搖晃著他的身體。

「新蕾呢？她怎麼樣了？」彷如大夢初醒，感官開始活絡，小蔡趕緊問道。

「你是她的家人嗎？」

「不是。」

「她需要動手術，我們得經過她的家人同意，才能進開刀房，你有她家裡的電話嗎？」

「在她的身上。」

連番折騰後，在倉促而來的路父簽名下，見她終於進了手術室，他的一顆心也歸回原來的位置，只是還在不正常的跳躍著。

老天，別讓他失去她，他不在乎跌落時空的差距，他只希望她能夠好起來，和他相識，讓他戀上她……

他的時間會走到什麼樣的地步？他已經不在乎了。

這段交錯的時空迷情，很可能沒有結局，只要她能夠活下去，他不在乎他的人生有多亂！

除了路家的人馬，就連路新薔幾個朋友也聽到消息趕了過來。

「你怎麼在這裡？」一見到小蔡，蘇珮茹就一口氣湧了上來。

「珮茹，鎮靜點。」祝慧慧拉著她。

「新薔怎麼會出事？你說啊！」蘇珮茹憤怒的看著他。

小蔡抿緊了嘴唇，吐出：「很抱歉。」

「什麼很抱歉？新薔好好的一個人，竟然會躺在醫院裡？要是她有什麼三長兩短，我可不會放過你……」

「病人失血過多，我們需要血液。」從手術室裡出來的醫生打斷了他們。

「可以的話，抽我的。」在眾人還來不及表示意見時，已有人站了出來，蘇珮茹訝

第九章

異的看著小蔡，不好對他說什麼。

「讓我來，我是她的父親。」白髮蒼蒼的路父站了出來，護女心切使他不顧自己已老邁的身軀。

「你是什麼血型？」醫生向年輕的小蔡問道。

在小蔡報上血型之後，醫生很滿意的吩咐旁邊的護理師將他帶走，對能夠延續路新蕾的生命令他感到滿足。

也許此生只為她，其他的都不要計較了。

路父不知道這個男人是誰，竟然願意伸出援手，不禁既訝異又感激，這男人的確比他更能夠幫新蕾。

蘇珮茹沒有說話，沒辦法救路新蕾的命她於心不安。

「我今天……是不是太過分了？」想到今天的冷淡，蘇珮茹就懊悔不已。

「新蕾不會介意的。」祝慧慧安慰她道。

「珮茹，妳這樣說，我也覺得我對新蕾好抱歉。」鍾秀芳也感到後悔，畢竟路新蕾臉上的表情她們都看得出來，她們幾個對她那個樣子，自己看了也心疼啊！

「妳們別這樣說，新薔從來不是小氣的人啊！要不然，她怎麼還會想要跟我們說話呢？等她醒過來的話，我們三個再一起跟她道歉，妳們說好不好？」祝慧慧盡力安慰著好友。

※　※　※

他並不在乎抽光他多少血液，能夠以他的命延續她的，他感到很滿足，他終於明白來這個時空，就是為了這個使命。

小蔡想到如此，便頓然釋懷。

她的體內有他的血液，有他的存在，他的情意包圍住她，這下就連老天也分不開了。在茫然而不知所措的時空，他感到他的生命終於有意義了。而意義的對象，來自於她……

敵不過生理疲憊，他不小心睡著了，等他醒來時，是在另一張床上。

新薔呢？他們把她安置在哪？

起了身，小蔡想要找個人來問問，而門鎖也打開了，進來的不是醫生或護理師，而是祝慧慧。

「慧慧，新蕾呢？」見到她，小蔡像找到答案的開心問道。

「她在加護病房。」

「在哪一間？我要去找她。」他說著就要走。

「等一下！」他所認識溫婉而客氣的祝慧慧此時卻寒著一張臉，冷峻的道。

「怎麼了？」小蔡轉過身看她，不明白發生了什麼事？

「我不知道你是誰？你也從來不說，這都已經無關緊要了，我想知道的是，你來這裡做什麼？」

「我……我是來找新蕾的。」小蔡不明白祝慧慧為什麼會突然問起這個？

「找新蕾做什麼？」她咄咄逼人。

「我愛她，所以我來找她。」

「可是我們從來沒有聽新蕾提起過你？」祝慧慧相當困惑。

「那是因為在這之前，我們從來沒有見過面。」這是多複雜的時空之謎啊！小蔡無法跟她解釋。

「你跟新蕾什麼時候認識的？」

「現在我並不想談這個，麻煩妳告訴我新蕾在哪裡？」他現在最在意的是路新蕾的安危，從他捐完血後，便被安置在這裡歇息，然後等待她的消息，就不知不覺睡著了。

「她現在沒事，醫生說她的狀況相當穩定。這還要感謝你輸血給她。」

他鬆了一口氣。

「沒事就好。」

「我來找你，是有事情的。不論你是誰，也不管你來自什麼地方，我希望你能夠離開新蕾。」

第九章

第十章

「妳說什麼？」小蔡睜大了眼，不敢置信的望著祝慧慧

「我希望你能夠離開新蕾。」祝慧慧毫不遲疑，面對小蔡，她有相當的堅決。

「我不會離開她的，妳有什麼理由要我離開新蕾？她現在這個樣子，我怎麼可能離開她？」他還在床上，他還沒看到她一眼，他沒辦法拋下虛弱的她。

「你愛她？」

「我當然愛她，沒有她，我就失去了在這個世界上的意義了。因為她，所以我才有走下去的勇氣呀！」如果他跌到別的時空，沒有了她，他不知道他會怎麼樣？迷惑？慌亂？恐懼？

她是他的引力，將他帶往寧靜的世界啊！

「既然你愛她，就希望她過得好，是吧？」

第十章

「那是當然。」他理所當然。

「那麼……你更應該要離開她。」

「我的去留，還輪不到妳來決定吧?」小蔡憤怒了。

「的確不管我的事，但若是為了新蕾，就另當別論了。自從你來了之後，她的生活都變了。她本來是個很開朗的女孩，卻因為你的存在，而變得落落寡歡。她的轉變，你知道嗎?」

「我不知道。」小蔡一愣，被這番話驚懾住了。

「因為你只看到現在的新蕾，你以為她原來就是這個樣子嗎?看在我們這些做朋友的眼裡，有多痛心?」

「妳們不是不理她?」小蔡不甘示弱，反擊回去。

祝慧慧愣住了，隨即恢復臉色。

「我們只是替她生氣，氣她怎麼變得這個樣子，她跟敬宇是人人稱羡的一對，平順的走下去多好?可是你卻破壞了她的幸福。」

「我破壞了……她的幸福？」

「她的平靜全被你打壞了，她的笑容也不像以前那麼燦爛，你說我們不理會新蕾，但是我們仍然是關心她啊！我們希望她快樂，而不是像現在這樣，躺在床上毫無生氣啊！」

「我並不想現在這樣……」

「可是它發生了，不是嗎？」

她的話一句句的都像針，刺進了小蔡的心房。他退後了，跌坐到床上。

怎麼會這樣？他以為他的愛能帶給新蕾幸福，但是祝慧慧說的話，讓他原有的自我想像破滅了。

他憶起她的愁容、她聚攏的眉尖……都突顯了她被破壞的生活。

這畢竟不是他認識她的時空啊！這個時空，她有她的生活、她的朋友、她的家庭、她的情人……

他是個闖入者，破壞了她的幸福。

第十章

如果不是他的話，她也不會躺在醫院了。

這個認知使得他害怕起來，他的錯、都是他的錯，她就像他急欲握在手中的小鳥，他急著想擁有她，便奪去了她的呼吸了。

始作俑者是他，罪魁禍首是他，他還想害她到什麼地步？

痛苦的閉上了眼睛，祝慧慧見他如此，心頭閃過不忍，她並不想這麼絕情的，但是為了新蕾，她必須這麼做。

「為了新蕾，你可不可……放過她？如果你愛她的話，你也不想見她過得如此痛苦吧？」祝慧慧趁勝追擊。

「我只會帶給她毀滅嗎？」小蔡望著她，勉強擠出一句話。

「你看到了，不是嗎？」

「我……我不是故意的。」想到他對她做了什麼，小蔡就更不能忍受。

「不論你是有意還是無意的，為了新蕾，我希望你能夠離開，讓她回到她原有的生活，這樣對她是最好的。」

※　　※　　※

他真的害了她嗎？如今她躺在床上，雖說救回了一條命，但是……卻不復以往的生氣，面容消瘦、形色憔悴，是他痛心的來源。

伸出手，他在她的眉間撫著，希望將她的憂愁化開。

是因為他，所以她才變得這麼多慮嗎？原本開朗的女孩，卻因為他的介入，而遭受這種傷痛。

細審著她的容貌，每一寸都叫他心痛。

「新薔，對不起……」

他們原就屬於兩個不同的時空，一旦強行介入，便造成不可彌補的傷痕。

只是……心中那戀、那痛，要怎麼化解？

「新薔，我該怎麼做？想要愛妳，卻又無法讓妳在我的懷中，我真的好希望、好希望能和妳在一起，但是……我該怎麼做？」捧著額頭，他低聲呢喃，每一個字都隱隱作痛。

第十章

既然早知這是個錯誤的時空，他便不該闖入啊！一步錯，全盤皆錯。

既然不該愛，便應該離去了。

可是……像是擠壓著胸口，他無法呼吸、無法忍受，理智掐擠著他戀戀不捨的心頭，一直到它幾欲崩潰，他怨懟起來，為什麼他不能愛？為什麼要讓他陷在這時空的裂縫，難以前進或後退？

他的願望很簡單，為什麼這麼難以實行？他想要大叫，卻怕驚擾了她而隱忍在心。

因為愛戀，既然不捨，便不忍讓她受苦，這痛……他願意承擔。

下定決心之後，他俯了下來，輕輕在她額上以唇告別，是他最後掬取的芳馨，然後緩緩退了出去，退出這個房間，最好是這個時空……他踏出了門，關上了門。

感到有所動靜，路新薔醒了過來。

這是什麼地方？她明白這是醫院，可是……她為什麼會在這裡？

路新薔勉強爬了起來，左右無人，她記得她明明跟小蔡在一起的啊！那他現在人呢？為什麼不見了？

一股慌亂從心頭湧了上來，她心急的想要下床，找回他以填補心頭的空虛，卻從床上跌了下來。

在吃痛之餘，她努力的按了床邊的紅色警鈴，希望有人能來幫她。

「新蕾？妳怎麼了？」祝慧慧正想過來看她，才一進門，卻見她倒在地上，不禁大吃一驚。

「我要找小蔡……」她的聲音微弱。

「找他？」祝慧慧一愣。「妳找他幹什麼？」

「我沒有見到他．我要找他，慧慧……幫我找他好不好？」路新蕾身體靠在她的身上，虛弱的道。

祝慧慧見她這個樣子，說不出口，小蔡已經走了呀！

她這麼做是為了新蕾好，所以即使新蕾現在痛苦，以後也能體諒她的用心，祝慧慧為自己的行為找了個理由脫罪——因為她心生愧疚。

「怎麼了？」護理師趕到現場。

「她剛跌下床。」祝慧慧扶著路新薔回到床上。

「慧慧，幫我，去找小蔡找回來，拜託妳。」路新薔知道自己情況不佳，只好拜託行動方便的他人。

「我知道了。」

「慧慧……」

「好、好，妳先休息好不好，嗯？」

沒有得到她要的答案，路新薔一雙眼睛睜得如銅鈴般大，直視著祝慧慧。

「新薔？」

「我知道，我休息就是了。」她安靜了下來。

※　※　※

慌亂的腳步聲打斷了病人的休憩。

「小姐，六〇八的病人呢？」蘇珮茹從病房衝向櫃檯，對著護理師大喊。

「在房間裡啊！」護理師莫名其妙的看著她，卻察覺不對勁，平白無故的，怎麼會冒出這種問題？

「我剛剛進去，沒見到人啊！」

「什麼？」

護理師慌張起來，病人不聲不響的跑走，這怎麼得了？何況醫生還沒有允許路新蕾下床，怎麼能夠擅自出院？

因為病人失蹤，醫院裡騷動起來。

路新蕾完全不知道眾人正為了找她而鬧得天翻地覆，她走在外面，找尋著任何一個可能是小蔡的蹤影。

慌張越來越甚、越來越強，她的心頭，正如飛絮在空中飛揚……

他會去哪裡？像他莫名其妙的出現，又莫名其妙的消失嗎？路新蕾抓住胸口，感到痛撤心扉。

她愛的他啊！為什麼離她而去？

第十章

就是因為他來得突然，也怕他離去得倉促，所以她從來不提起有關他的事情，怕知道越多，就失去他了。

可是……人算不如天算，她還是遍尋不著他。

他到哪裡去了？為什麼一聲不響就跑走了？他不知道她需要他嗎？為什麼要這麼做？

心頭像寒風襲捲，她抱住了身體。

飛機在遠處的天空飛行，彷照鳥兒的機翼乘風而行，載著上百名旅客，往不可知的國度飛去——她的心突然狠狠的抽痛了。

他走了，他真的走了，他不在她的身邊了，毫無來由的，她就是知道了。

空氣中沒有他的波動，她感受不到他，他徹徹底底的走了！

「啊——」

像是被人狠狠的奪去心頭肉，她痛得無法呼吸，而寒冷的風呼嘯而過，更覺刺骨，那空虛、那無助……擊潰了她。

路上所有人都回頭看她，卻找不到一張她想要的臉。

沒了、都沒了，他比雲彩更無蹤、無跡，悄悄的來後又悄悄的走，帶走了她的心……

抬頭一望，整個城市像是漩渦，風、雲全都扭曲變形，將她吸入中心點，她失去了意識……

※　※　※

「各位旅客您好，歡迎您搭乘本航空公司，本航班由臺北起飛，將定於下午六點二十分抵達……」悅耳的女聲從廣播中傳來，像銀鈴般的悅耳，卻入不了他的耳。

小蔡茫然的望著窗外，不知自己該往何處？他只是不能留在她的身邊。

底下是湛藍的海洋，在高處俯瞰既壯闊又偉昂，仍比不上蒼穹的無垠、奧祕，而他正往其中而去。

他能夠到什麼地方？沒有了她，任何世界都沒有意義。

他憶起他和她的初識，她既憂傷又迷惑……他恍然大悟，原來他的離去，造成了

第十章

她的傷痛。

那樣滿腔的愛意，原來始於這段奇戀啊！

原來在初識之前，就已經動心了……

心頭糾結複雜，卻無法將心中的煩鬱排出，他知道她愛他愛得刻骨，卻無法給予她回應，他既甜蜜又痛楚。

知道未來會發生的一切，她會遇到他，和他相遇，那……他的呢？

上天簡直在捉弄他們啊！

閉上眼睛，對於自己的處境仍是茫然，他究竟該何去何從？如何將一顆偏移的心移回正位呢？

機身突然劇烈搖動起來，他張開了眼。

「怎麼了？」

「這是怎麼回事？」

「有亂流！」

人聲鼎沸，和飛機的搖動形成正比，搖晃越來越厲害，尖叫聲此起彼落，駭然、驚懼，全都表露無遺。

小蔡並不在乎，反正他也已經沒什麼好損失了。

沒有了她，沒有了未來……

機身搖晃的頻率超過正常人所能忍受的程度，對於處於高空的他們來說，墜落的設想將會成真。

「救命啊！」

「我不要死啊！機長在做什麼？」

「老天保佑、老天保佑……」

不論上天要做什麼，豈是他們渺小的人類所能敵得過的？小蔡浮起一絲微笑，對自己的未來完全不在乎了。

也許這是最好的安排……

如果沒有她，那他存在也沒有意義，或許老天已經為他有了妥善的安排。

這樣也好，免得他將來痛心蝕骨，這一生也無動力可活下去，這老天，倒也待他仁厚。

帶著濃濃的愛意離去，其實，他算是很幸福的。

閉上眼睛，察覺飛機越搖越激烈，機身也出現狀況，他甚至可以感受到氣流在機艙內流動，壓力正以驚人的速度向外流去，四周驚慌的喊叫，跟眼前白茫茫的一片形成反比……

※　※　※

他的身體無法動彈，四周仍是吵雜。

喧鬧、繁囂，像緊密的交響曲，震得他的腦袋作痛，這裡到底是天堂、還是地獄？

他的意識究竟清醒？還是模糊？他已經搞不清楚了。

不是已經交給老天了嗎？為什麼他仍感受到塵囂的喧鬧呢？還是他介於這兩者之間，動彈不得？

「小蔡……小蔡……」

他一定是在天堂，要不然，怎麼會出現她的面容？

她就在他身邊，兩張臉距離是他奢望的親暱，像是特寫般的置於他面前，從心頭放映至瞳孔，占據了他的靈魂。

「小蔡，聽得到我嗎？」她焦急的捧著他的臉，急切的呼喚著。

他一怔，伸出了手。

握住了她的手，仍是這般的柔軟溫潤，明確不容置疑，小蔡想要獲得更多，想要起身，頭部卻覺一陣痛楚。

「唔……」他捧住額頭。

「你還好嗎？」

「妳怎麼會在這裡？」待疼痛過去，他抬起臉疑惑地發問。

「太好了，你沒事。」路新薔開心的笑了起來，小蔡發現她的眼中有淚光，心頭閃過一絲抽痛。

第十章

她在為他擔憂嗎？

除了路新蕾，她的身後還站著她的朋友們，小蔡見到祝慧慧，胸口沉了沉，雖然不明白自己為什麼會在醫院裡？他明明已經上了飛機呀！而四周此起彼落的哀嚎如同意識不明前的吵雜。

站了起來，他推開她伸過來的手。

路新蕾一愣，不懂他為什麼要拒絕？

「小蔡……」她輕呼他的名。

「我得走了。」

「走？你要去哪？」路新蕾慌張了起來。

「回到……原來的地方。」

「不許走！」路新蕾生氣的抓住了他。「你在胡說什麼？你來臺灣不就是為了找我，為什麼馬上又要離開？」

「我只是想還妳清靜的空間。」

「你在胡說什麼？你來找我，又要離開我，你到底什麼意思？」路新蕾望著他，眼眶開始泛紅。

「對不起。」

「這不是一句對不起就能了事的。你到底在想什麼？還是你被撞昏了，已經不知道自己在講什麼？」路新蕾越講越擔心，伸出手去碰他額上的紗布，怕那場撞擊對他造成不小的影響。

「我很清楚我在講什麼，我得走了。」小蔡說著就要離開。

「小蔡，你在玩什麼把戲？」蘇珮茹忍不住發言。

「我只是……」他看了看祝慧慧一眼。「不想讓妳們失望。」

「你越說我們越糊塗了，總之你不准走！」蘇珮茹霸道的命令。

「我不能留下來……」

「你一直說要走，但是說要來的人是你啊！你說你想我，說好我們要在一起的，為什麼現在都忘記了？」路新蕾喊了出來。

第十章

「是的，我是這麼說過。」小蔡迷惑的看著她。

「那就對了，既然你命大的活了下來，為什麼還說這種話？你是故意的嗎？」她又氣又惱。

似乎有什麼不太對勁，小蔡望著四周。

有他認識的人圍在身邊，也有他不認識的人躺在急診室的擔架上，他明白身處於醫院，卻不明白為什麼會在這裡？

「我怎麼會在這裡？」他終於問到重點了。

「飛機遇到亂流，你可能是撞到頭暈了過去，不過醫生說你沒事。跟其他人比起來，你算很幸運的了。」不過路新蕾仍懷疑他是不是撞到頭，影響他的思考能力了？

不僅是他的時間，連空間也混亂起來了。

「我得走了。」哪裡才能導正他的時間、扶正他的空間呢？

「小蔡……」路新蕾錯愕的望著他。

小蔡起身準備離開，他已經不知道自己該往什麼地方走了？時間交錯迷離、空間雜亂無章。他該何去何從？

時空又開始振盪了嗎？要不然他怎麼看不真切？頭又痛了起來，難道又要將他投入哪個時空了嗎？

「小蔡！」路新蕾衝了上去。

※　※　※

路新蕾望著躺在床上的小蔡，心頭泛起一陣酸楚。

如果不是因為她，他就不會搭上那一班飛機，早不搭晚不搭，就搭上那班遇到亂流，幸虧機長操縱得宜，所有人平安降落。

她差一點就失去他了，每每想起，她心悸不已。

「唔……」

「小蔡？」見他有所動靜，路新蕾趕緊上前，見他張開雙眼，心才放鬆下來。

小蔡見著她，眼神迷離，令她又害怕了起來。

「怎麼了？」

第十章

小蔡沒有話說，路新薔可急了，醫生明明說過他沒事，為什麼他見她時仍擺出若即若離的態度？

「小蔡，你說話呀？你這樣……我該怎麼辦？我要怎麼做你才會好起來？」她伸出手，藉著碰觸將她的心意傳遞過去。

「妳什麼都不用做。」小蔡望著她，終於說話了。

「小蔡？」見他開口了，她又驚又喜。

「你到底怎麼了？告訴我，不要讓我擔心受怕，我受不了。」她捂住嘴，忍住極欲落下的淚珠。

她仍是牽動著他，即使時空再換移，也脫離不了她啊！

「新薔……」他呼喚著。

路新薔抬起矇矓雙眼，他的心狠狠一抽，知道終究無法割捨，即使在另一個時空，他仍對她有情。

「我不想……失去妳。」他吐出情意。

「我也是。」路新蕾一愣，又驚又喜。

「我不想打擾妳，妳有妳的生活，我怎麼能夠任性呢？可是繞來繞去，我還是離不開妳。我到底……該怎麼辦？」他不想破壞她的世界啊！卻仍是闖了進來。

他的愛情不是玩笑，老天為什麼要待他如此殘忍？

「你在說什麼？繞著我就繞著我，難道你不喜歡在我身邊嗎？」見他如此，路新蕾心疼不已。

「不是！」

「那為什麼還難以決擇呢？並沒有什麼困難的，不是嗎？」

「可是他愛妳，不是嗎？」

「誰？」路新蕾疑惑起來。

「那個在妳身邊的男人呀！」

「你在說什麼？自從你不告而別之後，我就沒有再和任何人交往過，除非是……」

她的神色一凝。「你提兩年前的事做什麼？」

第十章

「兩年前？」他的神志像被灑下一道冷泉，神經細胞頓時敏感起來，所有的焦點都清楚起來。

「自從知道他撞傷我逃跑之後，我就再也沒有跟他聯絡，現在他人怎麼樣了，我也不曉得。在知道他是這麼極端的人之後，我就不想再跟他往來了，你為什麼提起他？」

小蔡張大了嘴巴，不能自已。

兩年前？那麼……他的時間導回正軌了嗎？

不用再徘徊於時空之中，不用再矛盾掙扎，沒有其他人、其他事擋在他們之間，他可以愛她嗎？

無法置信的擁住了她，感受她真實的存在。

「你怎麼了？」路新薔被他嚇了一跳。

「讓我好好看看妳。」她柔和的目光、熟悉的感覺回來了……她是那個與他刻骨銘心的女孩子呀！

「小蔡……」不明白他的眼神為何熱切起來？路新蕾有絲羞赧。

「那男人……撞了妳？」小蔡想起她落地的那一剎那，他的呼吸、他的心跳幾乎停止了！

雖說是兩年前，但對於他不過才片刻光景。

「沒錯，我不想再提這件事了。」

「好、好，不提了。」既然他回到原來的時空，有與他相愛的她存在，他還能不把握嗎？

「小蔡，你沒事吧？」對於他的前後變化，路新蕾感到害怕。

「我沒事。」

「可是你……」

「什麼都不用再說了，我只想好好的愛妳，我不想再分開了，更不想再掉入其他時空，只能見到妳，卻無法擁有妳。」他抱著她，用行動證明。「我絕對、絕對不再與妳分開了。」他害怕又一次的時空阻撓。

第十章

「你到底在說什麼？」

「沒什麼，我只想讓妳知道，我愛妳，願意追隨妳到任何地方。」他的目光繾綣、他的眼神熱切，路新蕾還想再講什麼，卻又吞了回去。

「我也是。」

她的愛啊！得來的多不易？如今他願意留在她身邊，她還有什麼好說的呢？只盼相聚的時刻再多一分，以彌補那段相思啊！

在他的唇烙上來時，她熱烈的與予回應。

時空的差異……該停止了吧？以濃烈的愛意砌合了差距，將兩顆心圍在這個時空裡。

愛情，無邊無際。

空氣流動帶動了風勢，吹動了飄泊的白雲，而在那之上的蒼穹，肉眼看不到的世界，仍是奧祕、難解。

電子書購買

國家圖書館出版品預行編目資料

錯誤的時空，遇見注定的你 / 梅洛琳著 . -- 第一版 . -- 臺北市：崧燁文化事業有限公司，2022.01
面； 公分
POD 版
ISBN 978-986-516-964-0(平裝)
863.57　110019747

錯誤的時空，遇見注定的你

臉書

作　　者：梅洛琳
發 行 人：黃振庭
出 版 者：崧燁文化事業有限公司
發 行 者：崧燁文化事業有限公司
E-mail：sonbookservice@gmail.com
粉 絲 頁：https://www.facebook.com/sonbookss/
網　　址：https://sonbook.net/
地　　址：台北市中正區重慶南路一段六十一號八樓 815 室
Rm. 815, 8F., No.61, Sec. 1, Chongqing S. Rd., Zhongzheng Dist., Taipei City 100, Taiwan
電　　話：(02)2370-3310　　傳　　真：(02) 2388-1990
印　　刷：京峯彩色印刷有限公司（京峰數位）

定　　價：299 元
發行日期：2022 年 01 月第一版
◎本書以 POD 印製